猫是严师 我是高徒
我爱陈明珠

Emily 著/绘

华夏出版社
Huaxia Publishing House

我要开始写这篇文章的时候,陈明珠跳上桌面喵喵叫,翘起屁股对着我的脸,好像要从肛门传送一些讯息到我的脑门。

序　猫教我什么是爱 / 6

Contents

Chapter 1　家庭成员

Emily / 18

江小姐 / 21

饭团 / 22

Tovi / 24

美咪 / 27

陈明珠 / 30

Chapter 2　我爱陈明珠

我们的邂逅 / 36

小套房里的小贵客 / 39

从阿臭到明珠 / 43

小妹妹初会哥哥姐姐 / 48

活着就该庆贺 / 53

快乐小疯子 / 57

纸片猫的春天 / 66

以明珠精神迎向未来 / 74

Chapter 3 猫是严师，我是高徒

磨炼人格的饭团 / 94

饭团不是普通猫 / 94

你的缺点是我的镜子 / 97

我是你的墙，你是我的蛋 / 98

免了你的债 / 101

让我受益终生的明珠 / 105

历久弥新少女心 / 105

做蠢事的正能量 / 107

活着便是与疼痛共存 / 108

不只是床上功夫 / 109

只记功不记过 / 112

哪里跌倒，哪里再跌！ / 112

言教不如猫教 / 114

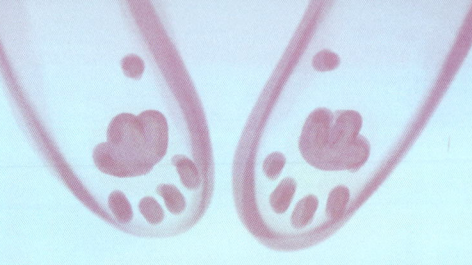

孤僻人看孤僻的美咪 / 118
 等你放心 / 118
 公主是宠物 / 120
 怀疑主义的猫生 / 123
 受益人还是受害者？/ 125
 不勉强也不放弃 / 126
 对不起还是我爱你？/ 127

Tovi 教我爱的基础 / 129
 Tovi 之前的生命 / 129
 爱的志愿 / 131
 进入猫的小宇宙 / 133
 能不能一样爱他？/ 135
 Tovi 和我，还有上帝 / 137
 忠诚的玫瑰 / 138
 十年一课，相伴老去 / 140

我爱陈明珠 / 143

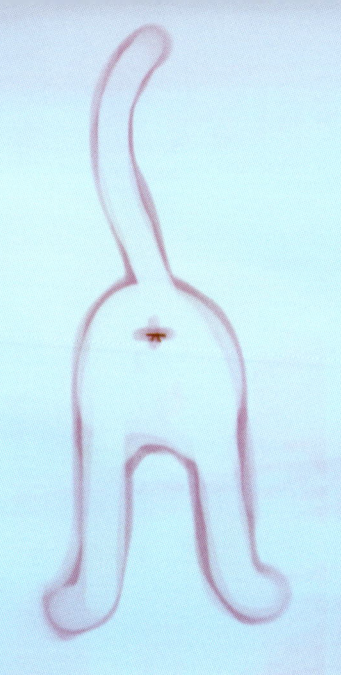

爱你的外星人 Love Your Alien
以阴谋论为起点的感性轻小说
/149

哲猫语录/170

后记/174

简体版后记/177

猫教我什么是爱

动物通常没有选择余地，只是以自己的生命去成就人类的成长，为此我感到抱歉又感激。我的生命里出现过很多动物，我对他们有亏欠也有付出，其中有四只猫——Tovi、饭团、美咪和明珠，他们的16只小毛脚，在我心里留下最多足印。

差不多十年前，那时候我在香港生活，算是经济独立，感到相当自由、自主且有余裕，忽然对给予爱很有自信，跃跃欲试想照顾一个生命。于是我买了一本猫百科全书，细读了一遍了解猫的生理结构、生活需要，以及他们一生可能患的各种疾病，便相信自己已经做好准备。买齐了各种猫用品，我便去宠物店买了一只猫回家，他就是我的第一只猫——Tovi。宠物店给了我一张收据，货品栏里写着"英国短毛猫－蓝色"，我心里感到说不出的怪异，但当年我对于用钱买猫并没有太多道德觉醒。

Tovi是我的疗愈剂。我的人格充满了各种扭曲和缺陷，依弗洛伊德的说法，人格的发展基于个人的童年经验，于是我将心底幼年的自己，投射在Tovi身上，以成年的我，重新爱他一遍。我决心要将最好的给他，以抚平心中的一些遗憾和障碍。

Tovi是只安静、稳重的猫，与他相处的过程中，我默默学着爱护、照顾、体贴另一个生命，全心全意地付出，心里又喜又慌。

Tovi 是我的第一只猫,
也是我的疗愈剂。
后来当我买了一个有微距功能的相机后,
便天天为他拍很多照片,
拍清楚他的每根毛、
打呵欠时才看得到的上颚的胎痣,
还有眼里的小宇宙。

可惜宠物店里出售的宠物，特别是"名种猫"，都有遗传病和隐疾，Tovi 也是。带回家不久我便发觉他身上有皮肤病，口腔、牙齿和骨骼也有问题。从书本里看到相关介绍是一回事，发生在所爱身上，是另一回事。Tovi 第一次动手术时，我签下麻醉同意书的那一刻，那签名比以往任何一次都要沉重。从前签名只代表自己，承诺的是信用、金钱或时间，但这次签下的却是另一个生命。第一次清楚意识到这份权力令我震撼，心中再次问自己：我知道自己在做什么吗？他的任何后果我都能承担吗？

Tovi 做口腔手术、髋关节手术忍受痛楚的时候，我才体会到，对一个生命负责原来是这种滋味，爱里有这么多忧伤和怜惜。原来责任除了要勇敢扛，到了某些时刻也要勇敢放，任凭命运自然发展。而敞开了的心面对未知，可能会又酸又苦又毫无招架之力。原来爱不可能准备好，永

做完第一次关节手术的 Tovi 在笼里休养，不忍心拍照但又想记下那一刻，便画了张速写，刻意忽略了笼子。

远也准备不够，要每一天去实践和累积。这些，猫百科全书里都没有说。

我对Tovi关怀备至，会为他做上等海鲜豪华大餐、精心装饰，会买各种大型小型玩具给他，自己舍不得买的昂贵生活用品，只要自认为是为了他，便舍得一掷千金。那些年我没对Tovi说过半句重话，也从不责备埋怨，无论心理上还是实际上，都当他是易碎品那样捧在手心里呵护，类似自怜般的溺爱，很夸张又有点变态。那是第一个阶段，我很爱他，爱得很真挚也很幼稚。

我跟Tovi以生死与共的气魄，一起从香港移居到台湾之后，生活里多了另外两只猫——饭团和美咪，加上养猫心态跟我有点差异的江小姐，这些使我调整了对Tovi的心态。

饭团是江小姐最珍视的第一只猫，地位有点像Tovi之于我。既然要生活在同一屋檐下，我的愿望是将心比心，体贴江小姐的爱子之情，当好饭团的后母。但事实不像说的那么容易。我们的家庭成员或爱的对象，不一定都很可爱，可就算是个麻烦鬼，那又怎么样？自己岂不也是别人生命中的麻烦鬼？

饭团很聪明（难缠）、性格多层次（难触摸）、表达能力强（要求多）、个性执拗（烦死人），常以债主的眼神喝令我加饭，屎老是拉在不对的地方，例如床、沙发、地板上……甚至筷子盒里，当我无论怎么用心善待他，他还是不满意时，我才知道不是每只猫都像Tovi，如白开水般的单纯。饭团是伏特加（Vodka），很呛。从前我对Tovi能够不动气、不说一句重话或抱怨，只因还未受到考验。原来我并没有自己以为的那么温柔和包容。

饭团陪我在沙发坐了半天,
醒来便这样翻转撒娇,要人挠下巴。

　　还有饭团的妹妹——美咪,她是只娇小的母猫。本来我一厢情愿地以为终于可以有个娇媚的女儿,可以尝尝未尝过的甜蜜,但共同生活后,我发觉她大部分时候都不愿亲近人,我行我素,紧张的眼神和反应像在警告别人不要靠近。我小心翼翼地向她表达善意和关怀,她的不稀罕和忌惮像盆冷水浇得我心灰意冷。一天天一年年,我揣摩她的心意,保持期盼静候她的接纳和信任,但成果近乎零。原来付出比想象中更要知进退,有些对象需要的爱不是亲昵,而是空间。原来我并没有自己以为的那么不求回报。

　　猫多了,加上生活环境的改变,跟 Tovi 不可能再像以往那么亲密。渐渐地我对他的心意不再那么变态,不再掺杂自我投射,而开始真正把他当一只猫去爱。正是未养猫前,看猫是猫;养猫三年,看猫不是猫;再养猫三年,看猫又是猫。

加上饭团和美咪给我进阶版爱的训练，令我看到自己的许多不足，对猫、对自己、对人生，都变得更诚实和实际。从名贵梦幻猫床演变成捡回来的纸箱，少女心死去，主妇魂育成。但我一点不觉惋惜，因为成长可能比什么都来得珍贵。

时间过得不快也不慢，很公道也毫不留情。看着 Tovi 的胡子从黑变白，动作更迟缓犹豫，饭团越来越健忘，美咪越老越瘦削，而我的脸和心也长了些皱纹。本来安于平稳的现状，谁知上帝看得起，再次给我机会持续进修，送来了一只陈明珠，只能感叹学海无涯。

我很保守，不喜挑战，如果有选择，只想做游刃有余的事。但陈明珠在各方面都挑战了我的极限。遇见弱小无助的她蹲在路边，挑战了我的良知和勇气；带她回家治病照料的过程，挑战了我的耐心和耐力；她徘徊在生死边缘时，挑战了我的感情负荷，也迫使我认真思考生死价

美咪高空监控我们这群可疑的家伙。

值。每一关都低空飞过，幸好身边总有人陪伴支持。原来接受挑战真的如我想象的那么恐怖，甚至更恐怖！但原来无论成败得失，也都是值得的。

陈明珠很戏剧化，从瘦弱可怜的"罗兹威尔外星人"，变成了白白胖胖的可人儿。她的个性非常可恶也非常可爱，给我最多苦恼也最多欢乐。她外表活泼健康，但其实外强中干，免疫力差到连洗个牙也没办法。

然而她把脆弱的生命活得很坚强，堪忧的日子过得比谁都无忧。

陈明珠3岁了。养着这个小奇迹到如今，我还是战战兢兢。而她还是快快乐乐。当出版社初次跟我谈为陈明珠出书的事，听着大家愉快的建议，我强大的负面人格却想：做一本书动不动便是几个月到大半年，明珠前两天才又掉了一颗烂牙，她能不能活到出版那天我都不知道，真的要做吗？可以吗？好吗？但随即想：管他的！先做再说！

我强烈怀疑那一刻陈明珠干扰了我的脑电波，因为这明明和她把握当下的赖皮鬼勇气如出一辙！

所以我像个傀儡似的为陈明珠写了这本书。

希望看了这本书的你，也会被陈明珠的脑电波干扰，在充满不确定的人生中，活得更乐观、更坚强。

我喜欢明珠拽拽的表情,
暗自认为她的小脸越是自信和任性,
越代表她知道自己深深被爱。

我听过江小姐对明珠最暴怒、最出奇又好笑的指责：
上："走开啦！你闪亮到我的眼睛要瞎了！"
下："舔太久了你有完没完很臭啊！"
……所以说，每个慈爱的母亲都可能有崩溃的时刻。

陈明珠对家里所有的事情都关心,有时被她跟烦了我就会说:
"这不关你的事!什么都不关你的事!"
但当她乖乖地走远一点看,我又会为对她说了重话感到内疚……
她只是很爱我们的好奇小朋友啊……

Chapter 1
家庭成员

陈明珠，她的哥哥姐姐，江小姐，与我

饭团擅长并勇于表达情绪，敢言也敢作敢为，这一点常令我敬佩和自愧不如。
Tovi 是我在地球上最执着的责任和保护对象，而我是他在世上最在乎的人。
美咪让我怜惜呵护，因为我懂她挣不脱自己个性的无奈。
至于陈明珠，我们给她的爱，她照单全收一点都不带客气的，而她爱我们也毫不含蓄，
真是最机灵、最尽情的心机鬼。
江小姐和我，则分别是四只猫较具威慑力与较弱势的家长……

Emily

品种：人，女性。

背景：生于香港，中学时移民到澳洲读书，大学毕业后于香港工作多年，六年前携子（Tovi）来台，现职为插画师。

家庭地位：Tovi（陈炳权）和陈明珠的直系亲属，四只猫的弱势家长。

外貌：我的画风最写实了，就是插画中那样子……但体积更大一点。

个性：内向，上进但易累，一分勇敢九分怯懦。

这种画面会被轻易贴上"母女情深"的标签，
但事实没这么浪漫，
明珠只是在闻我刚烫过的头发，
而且她是皱着眉的……

一厢情愿地带明珠去踏青,
在家里作威作福的她在外面变成胆小鬼,
全程黏着江小姐。

江小姐

品种：人，女性，自称"母夜叉"。

背景：自豪的台南人，六年前携子女（饭团、美咪）迁往台北。

家庭地位：饭团和美咪的妈妈，四只猫比较具威慑力的家长。

外貌：评论别人的外表没礼貌耶……但如果一定要说，就是美、白、高、瘦、有气质，没有其他了！（←作者展示了九分怯懦）

个性：聪明、善良……混合着些微狠毒（←作者运用了一分勇敢）

饭团

大名：江勇志

品种：波斯

背景：台南人自家培育的不太纯种的波斯猫，自幼被江小姐拐回家当长子。

外貌特征：橘黄色眼睛，浑身灰白长毛，每逢夏天变身为"穿绒衣的大胡子阿伯"。虚有一脸威武长毛但其实身躯瘦小，五官精致却时常摆出一张臭脸，眼神大部分时候像讨债，撒娇时却天真烂漫。叫声和他的外貌很不相衬，非常娇嫩，能叫出各种语气，如果他是人，应该是精通16国语言的天才。

个性：聪明、任性、胆大、刁钻古怪、脾气急躁。情绪细致复杂，骄傲又脆弱，例如很想撒娇但若在其他猫的注视下，他会放不下身段，情愿装作不在乎。

外表像老头，但个性孩子气，贪玩，依赖人。饭团擅长并勇于表达情绪，敢言也敢作敢为，这一点常令我敬佩和自愧不如。

饭团非常执着于猫粮的新鲜度，催促加饭之频繁常令其母问他是否得了老猫痴呆症。他讨厌我们出远门，我们稍晚回家或睡太久不起床都会惹他生气。他对生活有诸多不满，他甚至讨厌自己的长毛，每当剃了毛他就像回春那么雀跃，毛长回来会闷闷不乐。不满到达临界点他会乱拉屎泄愤。责备他的时候，他眼神中的倔强和理直气壮往往令我哑然和心虚，怀疑错的应该是我。

因为很难伺候，被视为磨人精，因此他偶尔展露的大方和温柔令人特别感动。他对待客人好奇友善，对陌生幼猫尤其温柔，当初陈明珠初来乍到，饭团也是唯一疼爱和亲近她的猫，让人看见他深藏的美善。

饭团年纪上是四只猫中的大哥，
但他的童心不输明珠。

Tovi

大名：陈炳权

品种：英短

背景：来自香港某宠物店，当初被我赎身回家当独生子，备受盲目溺爱的供奉，随后跟我来了台湾，服完"兵役"后（检疫隔离三周）投入台北的家庭生活，被动地成为饭团的弟弟与美咪的哥哥。万没料到最后还多了一个同姓妹妹陈明珠。

外貌特征：一身浓密柔软的灰色皮毛，橘黄色眼睛，有一颗龅牙。体型壮胖、皮松，跑步时下垂的肚腩会左右摇晃，蹲坐时屁股下有一圈脂肪裙，蔚为奇观。精神好的时候，神情温柔敦厚，睡眠不足的时候像不怒自威的大爷。他甚少发言，也从来不会"喵"，只会发出类似"呱"和"哗…呜"的叫声。

个性：Tovi 自小在他的专属博客被我塑造成深情、温文、可爱又有情趣的小绅士，但其实……他是个单调、木讷寡言、固执保守、害怕转变、不善沟通的肥胖中年男子，相当迟钝和愚鲁。

Tovi 似乎不认为自己是猫，也不喜欢其他猫，只视人类为最亲密

Tovi 觉得自己是个人，
而且是个不爱猫的人。
他喜欢人的聚会，
每次有朋友来，
他都一定要参与。

可靠的同伴。他的需求直接简单，摸他、给他梳毛、身体给他靠着，他便心满意足。

Tovi 大部分时候温和隐忍，但触及他的罩门他也会发飙，例如不让人碰大腿（幼年曾动过两次手术），害怕剪指甲和不喜欢被吹脸，他会出闪电手快打对方额头和骂脏话（意会嘛）。

他坚定平稳的外表下，有着一颗怯懦犹豫的心，要非常细心耐心才能注意到他潜伏的细微情绪变化。如果他是人，一定是个单纯老实、笨拙沉闷但忠诚和值得珍惜的男人。深爱他需要丰富的想象力和懂得自得其乐。他是我在地球上最执着的责任和保护对象，而我是他在世上最在乎的人。

美咪

大名：江丽娇

品种：台短

背景：台南之流浪猫，幼年被捡回来当江小姐的次女，饭团之妹。

外貌特征：蓝眼睛，体型瘦小常被江小姐说是蛇。毛色主要是白，但从头到脚有着不规则、无以名状、像打翻咖啡的污渍色。右边鼻孔有颗招牌八婆痣。美咪不算爱讲话，但叫起来中气十足，高亢嘹亮，震人心肺。

个性：简单来说她是个疯婆子。

　　美咪疑神疑鬼、神经质、悲观负面、拒人千里、不接受好意也不接受安慰，并患有被害妄想症，是个极难取悦的女人。如果养猫是渴望相亲相爱的温存，养美咪会很沮丧，因为她在家里过着野生动物般的生活，甚少露面，路过也匆匆忙忙，不信任也不依赖任何人，最多只亲近饭团一个。

　　美咪让人很难去表达爱，因为她不稀罕我们的爱，但我还是锲而不

美咪很可爱的照片

舍，并一直观察、思考和揣摩她的内心世界，从中获得不少警示：像她这样做人是不会快乐的，让爱她的人无从入手，帮她的人爱莫能助。别人怎么爱她都没用，快不快乐还是要自己想得开。

光明面是，不管多难相处的性格，上天也可能会分派一两个犯贱鬼给你，像我和江小姐对美咪那样，顺着、忍着、护着、纵着。她像个永远追不到的女人，我们久久被她临幸一次已经脸上有光、走路有风，值得大大炫耀一番。但我最希望的还是她可以快乐自在一些，不要活得那么紧张，那么累。

美咪让我怜惜呵护，因为我懂她挣不脱自己个性的无奈。

美咪得体的照片

美咪最真实的照片

陈明珠

英文名：Stinksila Chan（臭死拉·陈），简称 Stinky

品种：表面上是台短，实际上应该来自外星。

背景：2009年被发现于台北新店区马路边，当时奄奄一息，被我和江小姐拎回家当小女儿，成为以上三只猫极其厌烦的妹妹。

外貌特征：全白，蓝绿双色瞳，尾巴偏短。幼年病重瘦弱时像极了罗兹威尔外星人，其后迅速发育，身材中等，肉厚而扎实。颇爱讲话，声音软腻娇嗲令人心软。但嘴巴极臭！

个性：天真活泼，贴心可人，乐观坚强……同时也非常顽劣，嚣张放肆，缺德无耻，享乐无度得令人发指！

我和江小姐都是有点拘谨和自觉的人，看着猫特别是陈明珠，毫不含蓄地享受猫生，视规范如无物的神情姿态，常令我俩目瞪口呆鼻孔喷气，然后赞叹这只猫有着我们学不来的大智慧。

她整天在家从事破坏，挑事斗殴，欺负哥哥姐姐，吃要抢，玩也抢，连其他猫上厕所她也要去凑热闹，屎都要抢。但骂她呢，她却一脸天真可爱，于是这边厢骂完，那边厢又摸着她夸奖乖。她猫生中最爱就是玩，其次是吃，还喜欢被人轻轻拍屁股，拍到手要犯筋膜炎了她也不腻。她很喜欢和信任我们。

虽然她这么皮，但她很讨人喜欢。女人如果能像她就无敌了，长相讨喜又能逗人笑，雅俗共赏就是她这种，不管路过的还是深交的都很容易爱上她。表面看不出来，但其实她嘴里有不能根治的恶菌，牙齿几乎都掉光。每当看到她的伤口和枯黑牙齿，我便从眼睛难过到心里。平常她不会展露任何不适或痛楚，我也不晓得该如何想象……但她从不吝啬让我们知道她的快乐，而且比谁都快乐。这就是她最了不起的地方。

能拍到猫打呵欠的照片总能让我开心。

自从明珠的干妈说,我们人类在猫眼中大概长得像中国冠毛犬,"我是一条诡异无毛狗"的想法一直冲击着我!
不由自主地猜想,猫在私底下会如何评论我和江组长的外形……
明珠:她们很……特别啊。
Tovi:可怜,天生就长这样,她们也无奈吧……
饭团:我也很无奈啊,除了这两人我们还能靠谁……
美咪:嗯,不要看太仔细就是了。

我们家的猫品种包括关节炎龅牙英短、任性讨债波短(波斯短毛猫)和要多少有多少的嘴臭台短。
虽然都不是什么血统高贵的纯种猫,但都是很优秀的极品级小猫!

有时候我怀疑上帝把明珠安插在我的生命里,是为了要我谦卑,
时刻提醒我是多么没用,同时也训练我常怀期望不要放弃。
让我看到自己可以做得比想象中的多,但能控制的比想象中的少;
努力很可能不会改变结果,但原来我们可以这样努力。
因为有了陈明珠,我变得更心软也更勇敢,更知道现实的残酷,
但无计可施之下竟也多了点乐观和幽默。

Chapter 2
我爱
陈明珠

瑟缩在车下。

我们的邂逅

日期：2009年9月14日　星期一
时间：接近早上9点上班时间
地点：台北新店区某十字路口

　　周一早上总是有点恍惚，匆匆步出地铁站走向公司，就在快到达的十字路口，我看到路边停的车下，有个脏兮兮的不知道什么东西，只感觉很不妙。

　　仔细看似乎是一只小猫，惊慌中我慢下脚步却没有停，再看它不适地瑟缩成一团，只有巴掌大，脏脏瘦瘦，

命运落到垃圾袋旁。

眼睛眯着睁不开，还不知道有没有令人难以面对的伤口……想到这里心头一紧，第一反应是骂上帝："你为什么要让我看到？！"（是的，此乃错误示范。）我心扑通扑通地跳，直奔办公室。

回到自己座位，我心很乱，害怕又难受，急忙打电话给家里的江小姐报告，很感谢她当时决断地说："唉……去吧，不去也放不下。"于是我拿了钱包，匆匆找了个小纸盒，一鼓作气地跑到楼下去。

明明知道这是对的，但对的事往往需要勇气承担，而我人微力薄，世界只有掌心那么大，真的要张开双手、抱起这个小东西带进心里吗？心会痛的啊……

回到原地却不见车下的小猫，我急得像个疯婆子，蹲着绕着车底查看，在人行道慌张寻找，终于旁边不远处的警卫向着我吼："你是不是在找猫？"我涨红着脸说是，隔着围栏看到他和他身旁的清洁工大婶，大婶手上拿着扫把，扫把旁边是黑色垃圾袋，还有那只瑟缩的小猫。我一阵心酸。

在动物医院内心焦地等。

把小猫藏在抽屉里，用吸管拨松在超市买的狗罐头，它舔了两口。

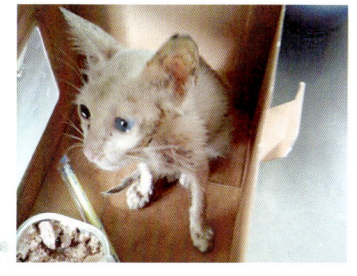

在茶水间把小猫交给江小姐。

"请把这只猫给我。"我平静地说,把小纸盒递过围栏。大婶接过纸盒,也不愿碰猫,只用纸盒边缘将它捞起递过来。

捧着手上这个轻轻的小纸盒,我心里有如千斤重,想象往后会是怎样的局面。现在想起江小姐当时在 Facebook 说:发生了一件其实很小的大事。

我滴着汗,将纸盒捧到胸前生怕摇晃到它,快步朝几个路口之外的动物医院走去。好不容易到了,医生叫我坐着等。终于等到我抱小猫到诊疗桌,他皱眉,戴着手套也不愿碰猫,还叫我不如先拿去宠物店让人洗一洗。我的心更难过,谁都知道这么病弱的幼猫"拿去宠物店洗一洗",当场就会死了。他只是想打发我走吧。被人嫌弃了也懒得说什么(心里当然有!#&*@%……X!),我带着小猫转身就走。

此时时候已经不早,不能跷班太久,我只好再次打电话向江小姐求助,请她出来接小猫去找我们认识的兽医。

我连猫带盒抱回办公室,藏在自己座位的抽屉里,给它一罐超市买的罐头,心里仍然扑通扑通地等江小姐来搭救我们。

终于她像天使一般出现了(这位天使当时待业中,谁料到她人生一时的坏运气,却是这只小猫一世的福气)。我们在大楼的茶水间交接了小猫,江小姐临走前搁下一句:"你替它想名字吧,要贱一点的(才能活下来)。"她知道我喜欢取名字,一想到这个便会开怀一点。

小套房里的小贵客

接下来的大半天,我一边胡乱工作,一边分心看江小姐持续发来的短信,报告小猫的状况。她们坐了一班地铁,找朋友用车送到动物医院,小猫检查过身体之后,另一个朋友开车送她们回家,还借来笼子和营养食品,帮忙替小猫擦身体,整理出小房间,隔离和安顿好,喂它吃东西。

雪中送炭的人,让我铭感于心。

带着拟好的(贱)名字清单,我下班后急忙赶回家,欣慰地看到三只猫如往常一样平安,再进去打开房门,看到的是一只跟早上截然不同的、现在被呵护珍惜的小猫。

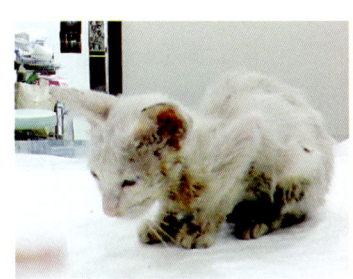

动物医院里。

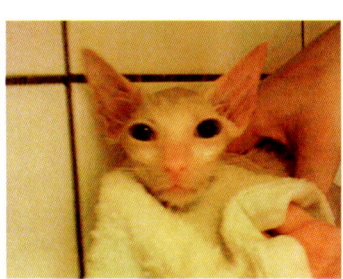

罗兹威尔外星人!

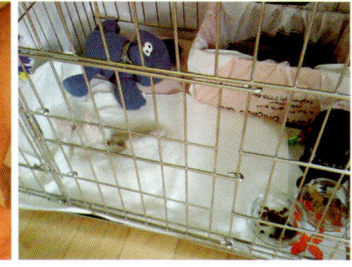

回家才确定它是只全白的小猫,几乎能隐身于擦手纸中不被发觉。

小手掌很轻，微暖，喜欢摸人。

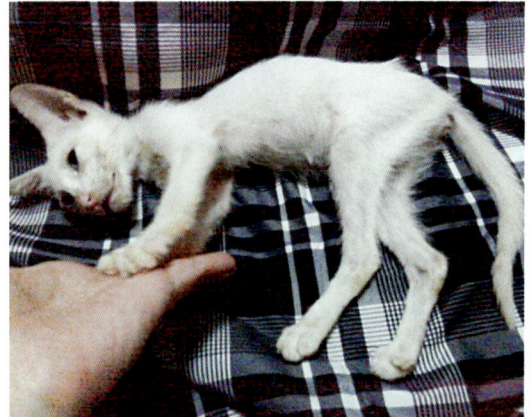

外星人第二天精神好多了。

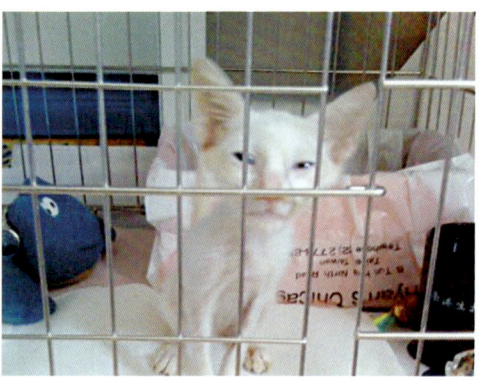

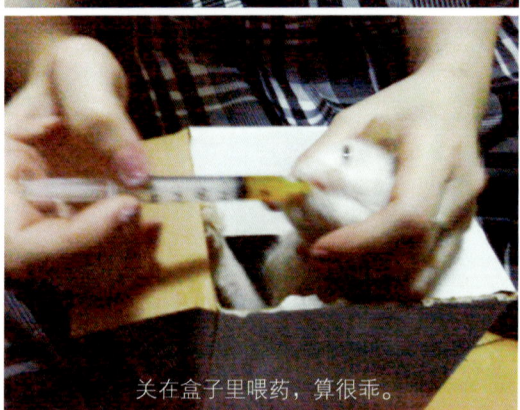

关在盒子里喂药，算很乖。

很小很轻一只。

得到很多针筒啊这小病猫。

虽然它很瘦很弱病恹恹的,但是它有自己的小套房(笼子),有干净的水和粮食,有天才江小姐为它做的鞋盒小厕所,有可以躺的干净毛巾。我们还给它放了软软的毛绒玩具做伴,在青蛙玩偶的脖子上套上手表,希望滴滴答答的声响能像猫妈妈的心跳声,安抚这只小猫。

我搜肠刮肚地想,还缺什么。我们给它的这些,就是我能想象的全部了,够弥补它破落的生命吗?

当晚的饭也不知道怎么吃的,我假装看电视,一边留意其余三只猫的反应,一边竖起耳朵听房间里的动静。我讨好地将(贱)名字清单奉上给江小姐,恭请劳苦功高的她选一个名字,她看了大叫:"阿臭!就是阿臭!!"

小猫当时一口腐臭发黑的烂牙,还有猩红溃疡的牙龈,奇臭无比到令人作呕。它所在的整个房间都弥漫着浓郁的臭味。而且江小姐叙述白天带小猫去医院时,它全身脏兮兮还在车上拉肚子,在朋友的车上她们

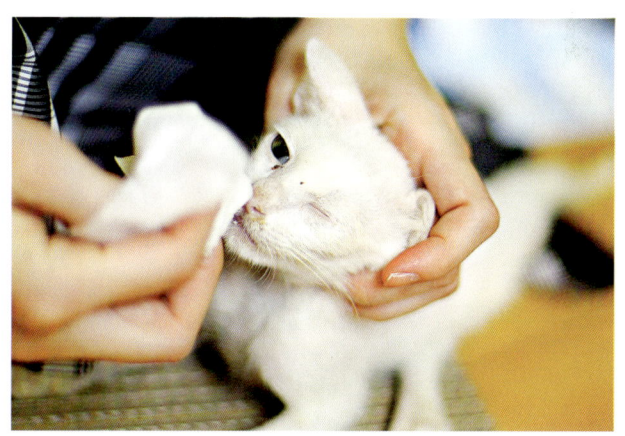

耳鼻喉都不健康,每天分泌很多眼屎。

一路闻着臭气多么委屈，连装过它的袋子也脏到报销。她故作平常地笑骂抱怨，可能因为她看到我的心忧伤又沉重。

于是小猫被命名为"阿臭"。医生估计它三个多月大，营养不良只有0.5公斤，体内很多病菌。它叫不出声音，似乎也听不见，常出现呼吸困难及气喘的症状，瘦到只剩皮包骨，毛发稀松得像只老鼠，弱到连睁大眼睛和进食都没有力气。

第一晚江小姐还因为担心它，半夜爬起来用针筒灌它吃肉泥。而我轻抚着如此脆弱的小生命，几次无助得落泪，只能有声无声地祷告。

接下来的日子，我睡得很少，除了照顾三只大猫和满足自己的基本需要之外，下班就是贴身照料阿臭，把屎把尿，每两三个小时喂各种药，一天数次拌营养肉泥给它吃，时常观察记录它的状况，每周一两次带它往返动物医院复诊。另外，如何做足功夫将它跟大猫隔离，进出怎样小心，消毒器具和双手的消毒如何注意，这些更是不在话下。（谁在说我有消毒强迫症？！）

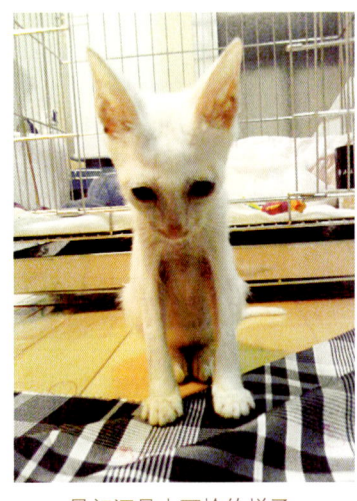

最初还是小可怜的样子。

看到她有力气玩便很开心。

从阿臭到明珠

感觉阿臭一直没有脱离危险期,我不会忘记每天早上醒来赶去房间看它,每天下班回来看它,都很害怕开门看到的是一具尸体那种心情。

它的呼吸道感染很严重,张口只能叫出气声,但渐渐地我们确定它不是聋子。测试的方式很蠢:我们毫无预警地在它背后,以各种语气及声调大叫"臭!""臭~~"它一有反应,我们就将信将疑地相视傻笑,笑中有泪,那些日子我连泪水都珍惜。

它一肚子的虫子都拉干净了,皮肤病和肠胃也治愈了,虽然还是皮黄骨瘦毛发稀疏,但一天一天也还活着。我很多很多次被这小猫的生命

玩累了就睡,抱着她的青蛙奶妈。

可能是想坐安全帽飞船回外星。

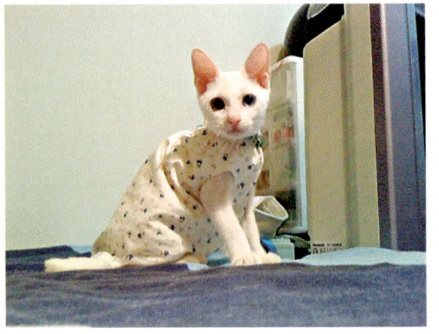

认真洗脸的乖小猫,
但往往越洗越臭。

钱都省下来看医生、买补品,
天气转凉就用采茶人的袖套改装,
把她扮成小村姑。

力所感动。这小丫头好争气!

当时最担心的是它的一嘴烂牙。那不是一般的烂,是牙床会掉下黑色枯骨的腐烂。我轻抚它小小的头颅,检视那脆薄的下颚,再默默看手心里它掉下的整片枯骨,想象着最坏的情况:下颚因腐蚀太深而断裂……它会痛不欲生吗?万一到了生不如死的那一刻,我得扛起做决定的责任,给它最沉痛的慈爱?我的确连安乐死都想到了。

其次担心的是,它时不时就气喘发作,眼睁睁看着它的小身躯剧烈抽搐,我的心也跟着抽搐,生怕它再抽一下便气绝。

面对无常的生死,我们有多努力不懈,就有多无能为力。

医生吩咐的我们都乖乖做。

气喘发作。

去看医生时，发觉她在笼子里会很不安，抱在怀里却呼噜，于是直接用外套裹着她，像个袋鼠妈妈呵护宝宝。

某次带阿臭复诊，听完检验报告，结果很不乐观。回家路上在车里，我灰心且疲倦地抱着它默默流泪。

江小姐再次化身天使打破沉默："你妈名字里有个珠字对不对？""是啊。""我妈也是。我们的妈妈都是坚韧的女人。""对啊，她们是。""不如我们用'珠'字给阿臭取个正式的名字。"

我试探性地问："那它可以跟我姓陈吗？"我不敢早提出来，因为江小姐说过很多遍，家有三只猫已是她能接受的极限。捡到阿臭本来说治好了送养，但此刻这小猫可能活不久了，我希望它仍活着的日子，有

别人嫌的垃圾,是我们的掌上明珠。

为了收集祝福加持,
几乎每天都贴明珠的照片上 Facebook。

个完全接纳它的家,当它是亲人看待。

她爽快地答应了,说这样的猫即使活下来,也要贴身照料,大概不会有人要。(其实我怀疑这理性的分析背后,是她也舍不得送人了!)

于是我们在路上开开心心地想阿臭的新名字,臭珠、淑珠、秀珠、宝珠、慧珠……连大珠、霞珠都想过,一说到明珠,我俩都很满意,听起来也像陈炳权(Tovi)的妹妹。我们就这么喊着它:明珠、明珠、陈明珠,一路回家。

这陈明珠,虽然开始时很丑,而且嘴巴真的很臭,江小姐白天在家,时常跟身在公司的我抱怨,说明珠刚刚放了毒屁熏她,拉了几次烂

假日尽量多陪她,
我深信肚皮能向猫传达爱意。

愿你往后一生风平浪静，天天天晴。

屎想要臭死她……其实我知道她很爱她，我们都很爱她。

心想无论明珠能活多久，我们能给她的快乐安稳都尽力给。至于生命，除了交给赐予生命的来决定，人还能有什么办法呢？

坦然之后，这神奇的臭小猫越来越令我们时常欢笑：她慢慢能叫出喵喵声；玩具乱玩一通，玩完了主动爬到我们的大腿上撒娇睡觉，摊开肚皮表示信任和开心；在房间内探险捣蛋；满足地大声呼噜；在怀里睡醒还会伸出暖暖小手撑人下巴……

小妹妹初会哥哥姐姐

明珠的口腔从来没有好过，但就这样活下来了。日复一日，月复一月，她平安无恙我们也就当作没事，努力养大她，陪她玩逗她开心，该打的防疫针也打了，我们开始觉得可以让三只猫跟她接触。

把明珠隔离在房间里的时候，我们即使进出也会换衣服、洗手和消毒，生怕夹带了细菌给其余三只猫。而且我心里对三只猫也有亏欠，他们没有选择的余地，只能为我的决定一起付出代价——既有的关爱及空间势必要让出一部分。

那阵子好像多开了几次罐头给他们吃，讲话、抱着的时候也加倍怜爱……总之整个是荷尔蒙和母性飙高的状态吧。

我和江小姐一直观察和揣度三只猫究竟知不知道发生了什么事，知

初次在房间内跟脾气好风度好的饭团哥哥接触。

崇拜姐姐的跟屁虫。

眼神和步履开始自信的小朋友。　　小小的家在明珠眼里像世界那么大。　　庆幸能陪她迎接猫生第一个冬天。

不知道家里多了一只猫！讨论的结果是，他们没看到也会闻到。饭团最聪明，应该早就心里有数；美咪大概也知道，但不影响到她便不关心；Tovi 处于一个知道但假装不知道的自欺欺人的状态，因为他反应慢，还不晓得该如何应变。

第一个接触明珠的是饭团，因为他面对陌生猫的记录良好。我们每天放他进小房间，在大人的陪同下与明珠相处，时间逐天拉长。这老头起初保持距离缓慢游走，打量明珠，发现只是个瘦弱的小家伙嘛，便好奇地挪过去闻明珠的屁股。这老头最爱闻小猫屁股了！

明珠也不怕生，老缠着饭团玩，但他老人家只想睡觉，三两下打发小猫走开，明珠便乖乖地自己玩，在堆叠的行李箱上练习跳高，捕猎青蛙玩具……累了便爬到江小姐的腿上睡觉。一老一小陪江小姐在房间内用电脑，共度了不少好时光，让她享受到儿女绕膝之乐。（江：得了吧！陈明珠咬烂了我的履历表！）

饭团这第一关顺利通过后，休息日开始房门大开，任由美咪和 Tovi 按他们的意愿进来巡逻视察。他们瞄了明珠一眼便假装没看到，径自跑去闻她的床铺和用品，并试吃她的幼猫猫粮。

Tovi 后来决定要立个威，他恬不知耻地挤进人家小女生的迷你厕所，撒了好大的一泡尿！仿佛在宣示：小猫咪你看，我一泡尿也能淹死你啊！

美咪观察了一阵子后也逐渐靠近，试探地闻小猫鼻子，一点也不抗拒，还看得出她很好奇友善。大概是觉得这小猫太小了，不会是个威胁……谁料到日后明珠迅速发育，成为了三只大猫挥之不去的梦魇啊啊啊啊！

小明珠与又黑又大个的 Tovi 哥哥。

陈明珠眼中的"我的家庭":
饭团是一头有很多毛的野兽,也是玩伴;
Tovi是体型很大的动物,有古怪的口音,是睡伴;
我和江组长是供应者、巨人、异类、统治者,常在她身后大喊,很多时候都不在家,温暖、强壮;
只有美咪是她的同类……

用兽医开的药——口腔膏帮明珠擦她溃疡的牙龈,是每晚的例行公事。
她每次都不情不愿,我猜想擦这个东西应该不太舒服吧?可怜的小猫,要多疼她一点……在擦药的过程中我不断地对她柔声安慰和道歉,解释这是在帮她治疗,希望她能体谅。
然后前阵子我感冒,喉咙和牙龈一起发炎,有一晚太难受了,吃了消炎药仍不管用,灵机一动,用珠珠的口腔膏!!!!匆匆看了一下成分,觉得人拿来用也不会死,便拿一支珠珠的无菌棉棒,涂了一层在自己的牙龈上……
啊啊啊!!!好舒服!!凉凉甜甜的,在伤口上形成了一层保护膜,还能有效镇痛!
惊喜之余,我走过去数落明珠:"你平常那样是什么意思?!明明擦了就很舒服,这是好东西!你装什么可怜,害我每次都内疚……哼!"

活着就该庆贺

小心翼翼又过了一些时日,明珠吃药的疗程都结束了,看她日渐健壮(一度还太健壮了,特别是下围),每天过着快乐活泼的日子,我的心渐渐踏实。

又过了不知多久,我们终于拆掉了她的小套房(我们说是她的娘家),全天候放任明珠自由活动,让她正式融入家庭,展开两人四猫的(混乱的)新生活。

陈明珠不单只是活了下来,健康状况还比当初想象的好太多,完全没有被口腔问题影响进食,不能咬,她就直接吞,呼吸道疾病也痊愈了。不用再特别喂她营养肉泥,她都跑去吃哥哥姐姐们的老猫猫粮。

我不知道该怎么解释陈明珠看似无望,却能平安存活的这件事,只能感恩。

陈明珠是个美妙的奇迹,我也就不客气地收下这份礼物了。(谢谢你,我很喜欢。)

一路走来,我们的朋友都在 Facebook 上关注明珠的情况,给我们很多支持和鼓励。某天看到 Facebook 上,别人为儿子"收涎"的照片

努力想跟上饭团哥哥。

和姐姐学习飞檐走壁。

小丑猫开始长肉之后，
我多次患得患失地问江小姐：
明珠现在算不算漂亮？
她算不算小美猫？
还是只有我自己觉得她美？

据说"收涎"要用红线串起 12 个圈圈饼，
擦过她的嘴角之后，长辈要把饼吃掉。
我们甜的咸的都买了。

重新改写了传统的吉祥话，意思大概是：
口水收干干，宝宝要好养
口水收干干，保佑妈妈别再捡到猫
口水收干干，让妈妈明年赚大钱
口水收干干，不再流口水
口水收干干，保佑干妈别再接到怪电话
口水收干干，让干妈明年买房子
（显然干妈有私心要我们这么写）
口水收干干，宝宝要吃饱
口水收干干，宝宝什么都不用怕
口水收干干，你要乖乖懂事听话
口水收干干，乖乖大小便不偷懒
口水收干干，长大了要好脾气

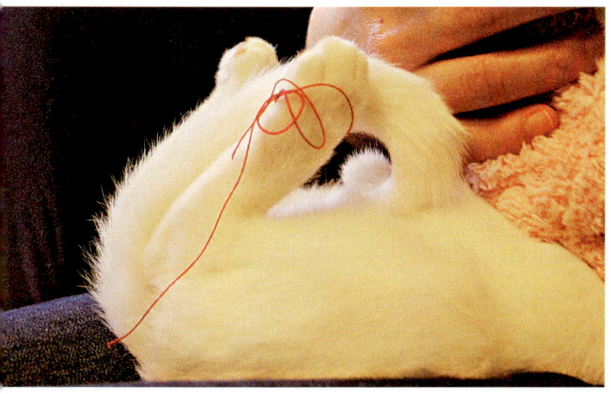

在脚上套上红线，寓意平安，
还有长大后做个堂堂正正的好人！（咦？）

很有趣，好奇研究之下，发现根据台湾的习俗，父母们会给幼儿办一场"收口水"仪式，同时让长辈给小孩一份加持，祝福他平安长大，满满福气。

还在母爱泛滥、激动状态的我，立马决定：陈明珠也要办！！

我邀请了几个"德高望重"的长辈（其实就是平常爱聚在一起暴饮暴食寻欢作乐的猫友），来给明珠挂一串饼在脖子上，在嘴边擦一擦说几句祝福吉祥话。

那篇闽南语吉祥话，我和江小姐拟了很久，虽然我一句也不会读，也知道这只是场闹着玩的戏码，但还是很认真地，挖出妈妈给我的红包钱，到百货公司为明珠添了一件新衣（因为习俗说要有外婆买的新衣），认真地预备好红线，买圈圈饼串成一串串，恭候"长辈"来临，举行她的"收涎大典"。

因为，我很认真地想为她的生命庆贺。

最大和最小的两个宝贝。

快乐小疯子

饭团、Tovi和美咪都渐入老年,而我们两人也近高龄产妇之年,家里忽添一只过度活跃的小猫,可谓老蚌生珠吃尽苦头,一家被她横冲直撞大受冲击。明珠一岁前的日子只能用家无宁日来形容。

她整天像个小疯子,完全超乎我们对猫的既有观念——真的没养过这么皮的猫!多年来我们与猫建立的默契全被她推翻!原先以为猫没兴趣的东西,像柜子里的摆设、置物篮里的杂物、桌面上的水果、信件、垃圾桶里的垃圾、冰箱上的冰箱贴、小缝小洞里我们假装不存在的毛团和尘垢……她什么都有兴趣,什么都要挖出来、拨到地上,然后狂踢狂追和翻滚。我们被迫全面提升家里的安全防线,重新检讨所有的设置是否躲得过小魔鬼的耳目,能否经得起小疯子的蹂躏。

最无奈的是三只大猫,尤其是美咪,可能是体型和外貌比较接近,

明珠可能很困惑,
为什么哥哥姐姐都不喜欢她?

陈明珠特别喜欢她,而被陈明珠喜欢上的好像都不会有好下场……

明珠整天像索命鬼一样紧追美咪,美咪狂奔之余不时回头狂吼凶她,但小猫就是不要脸、不气馁,等姐姐吼完便继续死缠烂打。明珠那时候体型还小,跑楼梯时常跨不上去而卡到肚子或脚,我还来不及替她呼痛,她便继续跑了,自小便是不屈不挠的小孩。

她们沿路磕磕碰碰撞倒障碍物,加上美咪的鬼吼鬼叫,场面声势很惊人。每回大家都屏气凝神,这种鬼影旋风一天可以刮四五次,每次结束后都满地疮痍。

有时候美咪狂吼到我也慌了,便会急跳脚喝止明珠:"陈明珠停下呀!美咪要中风了!!"但她不听我的,从来也没有猫听我的。

经我仔细观察,发觉美咪被追,有时候是真的生气,但有时候她只是故作惊慌。从她眼角闪过的自信,偶尔还稍等明珠追上她,便知道她其实很享受饰演被害者的角色,乐于有个小跟屁虫解寂寞。她甚至还故意引导明珠游走于全屋最险要的地方,例如在阁楼的扶手上,一起做出惊险动作,合力惊吓我虚弱的心脏。

第一个圣诞节,
打扮得像小公主。

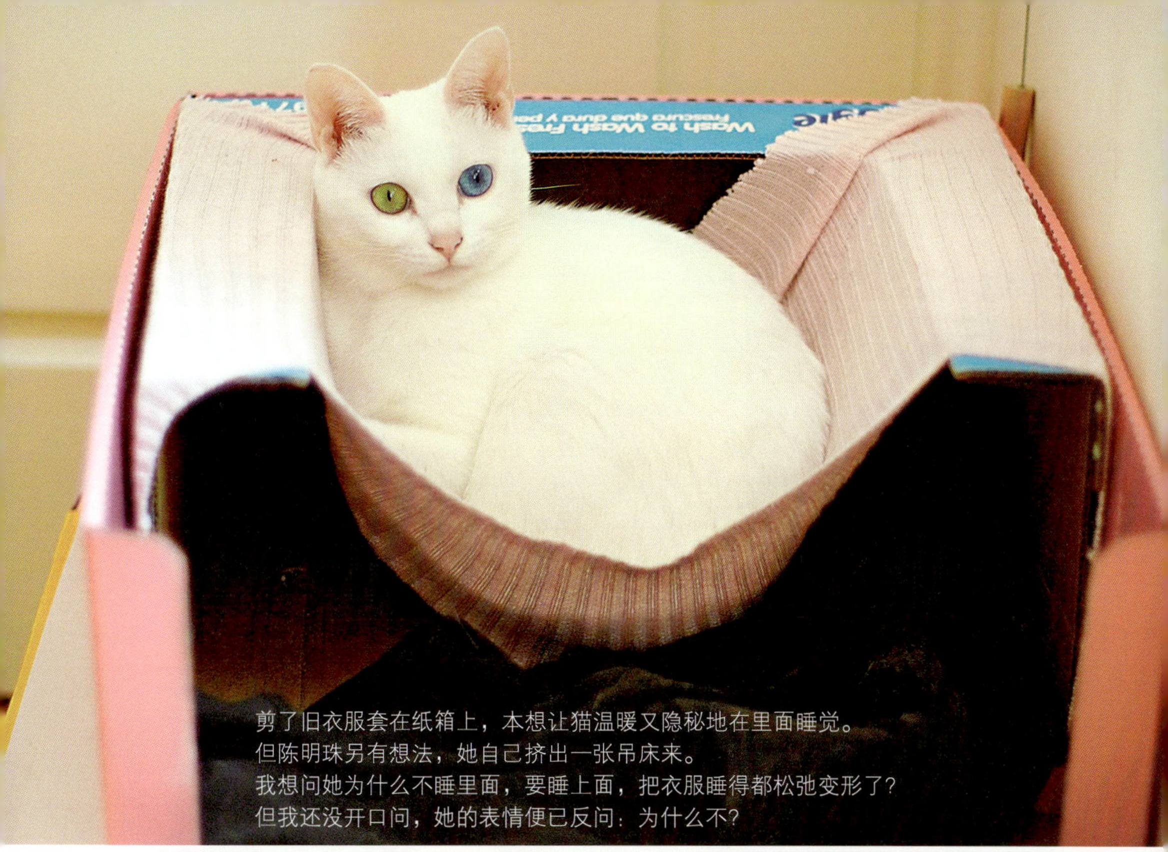

剪了旧衣服套在纸箱上，本想让猫温暖又隐秘地在里面睡觉。
但陈明珠另有想法，她自己挤出一张吊床来。
我想问她为什么不睡里面，要睡上面，把衣服睡得都松弛变形了？
但我还没开口问，她的表情便已反问：为什么不？

抓到猎物（玩具老鼠），骄傲得很呢。

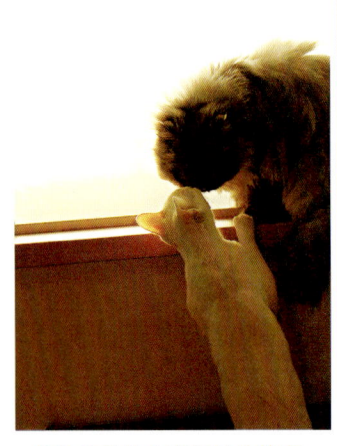

手贱，Tovi 路过也要绊人家。

好像家里什么事都关她的事。
找饭团八卦。

她们的关系常让我想到真的姐妹，小妹妹崇拜大姐姐，老想跟着她，模仿她的一切，而姐姐的耐心和爱心很飘忽，因为小妹总是不知分寸需索无度，真的很难忍受。在一起时吵吵闹闹，但找不到对方又会若有所失，爱恨交织。

小明珠也会找饭团或 Tovi 玩，但经常玩不长，因为两个男生没耐性，三两下赶走她便算了，不像美咪那样爱当活靶，常跑来引她追，让她越追越兴奋。

成猫的日常生活本应一天睡 20 个小时，但陈明珠完全扰乱了三只猫的作息。因为她睡得很少，只会眯一眯，醒着的全部猫生目标只有玩，不停地玩。她不会花时间进行沉思或远眺等这类成猫最爱的项目。

她不甘寂寞到看到任何路过的脚都要扑出偷袭一下。给她一个烂塑料袋，她可以玩七天也不腻，不过白天要是给了她任何会制造声响的玩具（垃圾），到晚上要全部收好，不然半夜会被吵到神经衰弱。

每次从外面回来都得有心理准备,打开大门会看到未知的景象,东西都会神秘移位,出现在意想不到的地方。或是半夜会被连环巨响吓醒,不得不爬起来收拾残局以免灾情加剧。

我对三只猫和江小姐感到相当愧疚,起初时常自责道歉:是我不好,惹了这个小魔鬼回来,害人疲于奔命,害猫晚景凄凉不得安宁……但人嘛,日子久了便皮糙肉厚,开始改口说:老猫难得多运动,也好啊!现在三只猫时常要注意陈明珠在搞什么鬼,大家变精神许多!全家的平均年龄被拉低了,多有朝气,生活充满了惊喜……

不过说是这么说,为了让三只猫在家里喘一口气,陈明珠的第一个春节假期,被我们带去台湾南部,到江小姐的老家小住。三天过后,我只身先回台北照顾猫,看到家里三只猫重温往日宁静无忧的光景,把握机会拼命补觉,神情动作间有种久违的舒坦,类似捡回一条老命的欣慰,Tovi打盹时还会释怀地叹一口气。(真的!)

可惜假期总会结束,假期过后陈明珠又回来了,还开始发情!

她小时候最爱的青蛙玩具,下场悲惨。

不知道陈明珠为什么会选择在楼梯扶手上打瞌睡……
她昨晚在上面睡着了掉下来，怦的一声吓死人！
还好只是掉到了低的那边……

不止一次，我目睹 Tovi 和陈明珠追逐着跑进房间，
然后他们自己关门！在里面打架！
我就会幻想他们有事情要私下解决……
但当然事后还得我替他们开门啊。

某次又听到混战声和美咪的哀叫,我急忙抬头向声音来源处喝止:"谁欺负美咪?!珠珠吗?!不可以啊!!"
但环顾四周,饭团、Tovi和明珠都在视线范围内乖乖的……
原来美咪在跟自己幻想的敌人搏斗,还一贯地扮演受害者角色,被欺负到哭起来。
(唉女儿啊,其实都是你在欺负自己……)

我们假期带了明珠去南部,让美咪在家好好休息了几天。
但明珠一回到家,美咪又被逼疯了。
美咪感叹:我的假期就像你们的那么短……

纸片猫的春天

小时候身材像纸片一样的陈明珠从幼年时的550克——大约一瓶果酱的重量,直线攀升到高峰期的4公斤多,即一整箱水蜜桃那么重,圆滚滚白胖胖的,娇艳欲滴……并且开始发情了!

小母猫结扎比公猫要伤身很多,得从下腹开刀,摘掉整个子宫,光是想也心痛万分,于是我们拖了很久才带她去医院。

拖延期间我们抱着得过且过的心态,她每隔一两周便鬼叫几天,发情的叫声很惊悚,有点像女婴嘹亮的怪叫,分贝极高,让人忧虑是否会遭邻居投诉,甚至灭口。

一开始我们拿逗猫棒转移她的注意力,她忙着玩时便停叫片刻。但她发情的周期越来越频繁,每回都比前一次持续更长时间,什么玩具都安抚不了她,她还开始尿床,我们真的崩溃了……

请想象这种情景:寒冬夜里,忙完一天,洗个热水澡,午夜刚钻进被窝,舒一口气准备睡觉,黑暗中忽然棉被发出窸窸窣窣的声音,然后一阵暴风雨前夕般令人难受的静默,我赫然惊醒一摸,热热湿湿的,顷刻间晴天霹雳,马上能哭出来!那意味着我要立即开灯起来洗棉被、换床单、拿新的被子装好被单,至少要半个小时后才能重新入睡。还要随时提心吊胆,提防她连环再尿,害我神经质一般动不动就从睡梦中弹

她会向着门、窗和空中狂叫,
那阵子我们进出特别小心,
很怕她失常逃出家门!

起，摸摸棉被有没有湿！我们一度还陷入棉被、毛毯和床单来不及洗的困境……现在想起都心有余悸！

我和江小姐都是很麻烦的猫主人，有选择的话，都希望能在我们放假的日子带猫去看医生做手术，好方便手术后照料和观察。最好还要天气干爽，以及别太冷，以有利她康复。这样拖了一周又一周，拖到她强烈发情的那个星期，简直度日如年，仿佛等到天荒地老也到不了周末。

因为同一晚她可以尿两次棉被，将她赶离床便不停鬼叫，最没眼看的是她去挑逗Tovi！

Tovi在还未发过情的小时候，便因为口腔刚好要做手术而顺道进行了麻醉结扎（公猫只需在蛋袋上划个小口，取出蛋蛋，手术当天便能活动自如），完全是个不懂人事的童子。当陈明珠缠着他娇媚地翻滚，发出呖呖莺声翘屁股的时候，他意识到她有所期待，于是便本能地骑上去咬她脖子，然后……他便茫然了！

陈明珠等得不耐烦，Tovi也咬她脖子咬到嘴酸，大家都不知道下一步该做什么，最后总是恼羞成怒以一场混战结束。Tovi会用力踹她翘着的屁股，两个打打闹闹不欢而散。我旁观着，既无奈又心痛，生怕明珠被Tovi的无情大力踹伤……将他俩分开一下吧，明珠转头又受不了身体本能的召唤，又滚过去跟人家调情，烦到Tovi受不了又去教训她……我两个都不能骂不能怪，手足无措很是苦恼。

最后明珠终于顺利结扎，结束了所有发情期的困扰。不过当明珠做完手术，我用毛巾包裹着她软软的身体时，看到她肚子上的毛被剃去一大片，粉红柔软的肚皮上，有一道触目惊心的缝线伤口，还是感到很心疼。

手术后数天，明珠终于能出来跟大家团聚。（伸懒腰中）

手术后第一晚她昏昏沉沉，似乎在忍痛，我们让她在小房间里保温和静养，仿佛回到最初的岁月。

看她颤颤巍巍地挣扎站起，艰难地跨进厕所尿尿，逗她喝水吃肉泥，她舔几口便累得爬回去睡，身体缩成一团抱紧自己，仿佛要维护仅有的尊严和安全感，用自身的体温安慰自己……

那两天又真切地提醒了我，不管明珠平日多调皮任性，骨子里还是一只小小的、脆弱的、珍贵的、很需要怜惜保护的小动物。其实哪只动物不是呢？

我可以倾尽所能，给她最妥善的安排，但那些属于她自己的痛和苦，没有旁人能分担。

所以呢，过了几天她迅速复原了，也是她自己的功劳，好棒啊。不消一个礼拜，她又开始对美咪穷追不舍，两个家伙在阁楼和楼梯间练轻功，继续制造无数混乱，日子又充满了喝骂和欢笑。

吾家有女初长成。

2010年3月9日，周日，明珠做了结扎手术。
回家路上她紧张又生气地打笼子，我只好不停安慰。
到了家里让她在房间内静养了一晚，第二天她就好很多了，
又开始大声咕噜，昨晚还想找哥哥姐姐玩。

饭团碎碎念：我知道我知道！她有童年阴影啊什么的，但这样你叫我怎么吃饭呢？难道身为长者就没有自己的问题吗？！

以明珠精神
迎向未来

猫过了一岁便算成年，但明珠的童心丝毫不减。我养成了一个习惯，她每做坏事被逮到，我便拍照发到网上。然而那群网络上的粉丝阿姨们，只会一个劲地赞她可爱、聪明，甚至反过来指责我和江小姐伺候不周之类。可见这小恶魔多得人心。

老虎玩偶是我用当年在台湾领到的第一份薪水买的，
它叫"阿贵"，寓意宝贵，一切得来不易。
买之前幻想，如果猫都窝在阿贵旁边，那有多可爱！
但 Tovi、饭团和美咪都没这么做，阿贵被冷落了好几年。
终于明珠赏识它，她会在夜深人静或清晨时分去坐在阿贵身上，
踩踩它的头和背做按摩，反而不会找我和江小姐踩。（吃醋）
随着她体重日渐增加，阿贵渐渐被她坐扁了，
应该很快就会变成一个只有头的虎皮地毯。

嘿，你能想象这缎带事后有多臭吗？

在家里她有很多别名，包括：陈乱源、陈臭珠、陈臭嘴、陈肥珠、烂牙妹、没牙婆、破坏王、投机鬼、心机鬼、小狗腿、坏东西、浪费精……每一个我们脱口而出给她起的绰号都发自肺腑。

家里有了她，什么都消耗得特别快，从前三只猫玩逗猫棒，一根可以玩一整年，陈明珠却两星期就咬烂一根。从前一个麻绳猫抓板，Tovi可以用一年，有了她三个月便报废。什么奢侈品到她手上都变成消耗品，她就连吃饭也特别浪费，老爱狼吞虎咽，明明不饿也狂吃，吃完马上开始玩，飞速冲来冲去，结果一会儿就哇啦啦吐出一堆没消化的干粮。

众多恶习中，我最介意她浪费食物，而且她最爱抢别人的。只要有她在场，饭团便无法吃到刚倒的新鲜干粮，因为会被她用力挤走。几次我看不下去决定干涉，她便很可怜地缩在一角偷看别人吃，令我觉得自己像不让她吃饱的恶人，内疚地讪讪解释："我不是不给你吃……唉。去吧，去吃吧。"她就是这样，最常令我动气又最快令我心软。

开罐头的好日子,从最初大家一起用小桌子吃,到后来美咪坚持不跟男生同桌,否则不吃(爱演悲情小媳妇),然后明珠得完全隔离在房间里独食免得她抢,等大家吃得差不多才能放她出来。明明吃光了自己的一碗,门一开她还是像饿鬼出笼,飞奔去"洗"大家的碗,一点鱼屑也不放过,可谓一台流动的生化洗碗机。

苹果教主史蒂夫·乔布斯(Steve Jobs)很喜欢一句话:Stay hungry, stay foolish。很多人都做不到,但陈明珠毫不费劲就做到了。

她现在长得比美咪和饭团还壮,美咪被她骚扰欺压是每天都会发生

宝石鉴赏

的事，饭团跟她势均力敌，打不赢但也不怕她，不过大多时候阿团都会让她。（感人）

Tovi 的体型是家里的老大，基本上没猫能欺负他，但这卑鄙的陈明珠还是会出闪电手无端掌掴路过的 Tovi。Tovi 迟钝，总要呆一秒才会还手，两个滚着打闹一下，陈明珠便会一溜烟逃脱，留下颓然臭脸的哥哥。我尽量不想介入猫之间的耍闹，但偶尔看到老猫被她缠得太惨时还是会忍不住教训："珠！够了！哥哥已经老到长骨刺了！你不要欺人太甚啊！"

陈明珠在哥哥姐姐面前是天怒人怨的小恶棍，但在我和江小姐面前却是小甜心，最会撒娇，叫她来便来，还可以紧搂着入眠，哪一个中年妇女能抵挡这种母性的满足呢？

好吧，老实说我们是存心宠她的，通常小时候生过一场大病的小孩，大多很容易被父母惯坏不是吗？我还很极端地认为，反正她不是人，不用进入社会工作或担心社交关系，要宠便宠到底啊，没什么好顾虑的！猫咪再不乖也不过是在家里闹些无伤大雅的小事，有什么是我们不能收拾的呢？身为不可胡作妄为的成年人，看着明

猫这样看窗外的时候，
我都会觉得亏欠：
我只能把你关在这里，
因为外面的世界很不友善，
对不起……

珠的任性是种安慰，特别不如意的日子还会想："至少还有猫可以让自己快乐。"

当陈明珠的恶行照片累积到100张，我兴致勃勃地订了个廉价奖杯，江小姐精心贴上一堆欢乐的贴纸，我们进行了一场无聊但愉快的颁奖典礼。嘉奖陈明珠这么另类的亮眼表现，也慰劳众位吃苦受难的猫哥猫姐。

我很喜欢庆祝，发薪水会庆祝，长假周末会庆祝，过年过节、谁过生日都要吃大餐……任何能欢庆的机会都不会放过，因为我总是诚惶诚恐，深知拥有非必然。有时候心里长不大的那部分，会毫无来由地相信如果我很乖，很懂珍惜，很谨慎，很知感恩，也许仙女（？）就

猫复何求……

会赏我拥有所爱长久一些。

这个臭嘴猫陈明珠已经活了两年多,比谁都乐天知足,但口腔永远带着那具有威胁性的恶菌,和挥之不去的口臭,与我的危机感永远同在。

我们常拿她的口臭开玩笑,沾满她口水的玩具可以拿来当作最犀利的武器,冷不防凑到对方鼻前,保证臭得人立刻清醒。然而其实她的口气,早已成为家里温暖空气的一部分,闻到才算亲切,是我们一家相濡以沫的爱的证据。

每晚我都抓她喂一粒补品胶囊,再抱到大腿上,用棉花棒为她溃烂的牙龈涂杀菌药膏。有时候她会痛得全身绷紧,嘴巴发抖,有时候会小声叫,像是乞怜。很多很多次我也想放弃,不想再强迫她和自己去面对伤口,怀疑这微小的坚持和努力会否终究是徒劳?谁知

兄妹俩的双层床。

明珠获奖感言：
"对于这次得奖，我是平常心看待……
以后还是做自己……
得了奖不会对我的生活有太大的影响，
最多只是多了个东西可以挤下尿而已……"

为了增强明珠的抵抗力，试着给她服用适量的灵芝补身。
图为江小姐一边看电视，一边分装小胶囊。明珠仿佛也知道这是为了她，即使经常犯困也守在一边。我觉得这是最幸福而真实的画面：平凡而杂乱的生活，有缺憾和烦恼，但也有温暖和爱。

道她这是病还是命？我这么做是仁慈还是残忍？我都不确定。但当湿润的眼眶干了，深吸一口气，第二天总是又继续，痛与爱如此日复一日烙在心上。

刷完牙她不开心，丢一个垃圾给她玩，她又马上开心地玩起来，就像从来没痛过一样。Love like she has never been hurt, live like it's heaven on earth.（像她从未曾受伤害一般去爱，像在天堂一般生活。）我不知她是怎么做到的，但看着只会叫人更疼爱她。

陆续发现她仅有的大牙又掉了两颗，后来再又掉了两颗。捡到她的枯黑烂牙，我们都相对无言，只剩叹息。她的烂牙我都留着藏好，也说不上是为什么，可能因为对生命太束手无策，便很想留着些念想。

我不死心，带着明珠找动物骨专科医生想再试试，希望能得到不同的结论或是新的希望。每次在电话里被陌生的护士问到动物名字，我总是用害羞却骄傲的语气说，我的猫叫明珠，光明的明，珍珠的珠，姓陈，陈明珠。

医生仔细检查过后，本来说可以尽人事替她清理口腔，拔掉那些没用的枯牙，可望减少细菌蔓延。但准备做手术当天，验血报告显示，她的免疫力偏低，不宜手术。

既然忧伤多说无用，我们只好笑称陈明珠是故意的，这外星人全凭口臭干扰我们的脑波，所以坚持不让我们处理她的烂牙，好继续控制我们于股掌之间。

有时候我怀疑上帝把明珠安插在我的生命里，是为了要我谦卑，时刻提醒我是多么没用，同时也训练我常怀希望不要放弃。让我看到自己可以做得比想象中的多，但能控制的比想象中的少；努力很可能不会改变结果，但原来我们可以这样努力。因为有了陈明珠，我变得更心软也更勇敢，更知道现实的残酷，但无计可施之下竟也多了点乐观和幽默。

现在我们一屋老弱病残，两个熟女和三只老猫有越来越多的大小

"这腿是我的。"

树影间的两只小兽。

毛病，外表年轻力壮的陈明珠也会走着走着忽然吐出一堆猫粮，或掉一颗牙在地上，真的令我深有危机感。但我也因而学着在不安的情况下尽量正常地过日子，平凡的日子里努力追求幸福的机会。

　　对于明天我们都没有把握，谁又有呢？但我们可以尽力然后随遇而安，命运控制了我们的起点甚至终点，但过程如果能像明珠这样自得其乐，也算驾驭了命运。见证着陈明珠这么奋勇地享受她不完美的猫生，我又怎么能不奋力追赶，向这小猫学习？

两姐妹一个外向一个内向。

明珠瘦巴巴时每天三餐都喂她罐头补品,现在她自己每天吃数十顿老猫干粮,已经变成一只3.6公斤的肥珠了!比美咪和饭团还重!
当然也加上她自己努力不懈的健身,诸如练跑、跳高、举重、摔跤(鸣谢饭团和Tovi)……
珠珠,虽然我们时常笑你的肉肚肚,但其实我们很为你骄傲啊!
陈明珠,做得好!!

明珠每次看到哥哥姐姐吃猫粮,她一定会死跟去吃,
有时她实在吃太急也太多了,结果转头就吐一地。
我每次都会一边清理一边骂她:"浪费精!浪费食物!
不珍惜!你知不知道有很多小朋友很可怜没东西吃?!
你知不知道猫粮很贵?……"
说到我都受不了自己了才闭嘴……

那天看到明珠小手粘着灰毛，Tovi 身上乱乱的，我就问明珠："刚刚跟哥哥打架了是不是?!"扮演起无所不知的大人。
然后我想起，小时候我会奇怪为何妈妈知道我刚哭过，哥哥会知道我发了测验卷，老师会发现我作弊?! 为什么大人什么都能识破？
后来我懂了，那是因为我不知道自己的渺小。

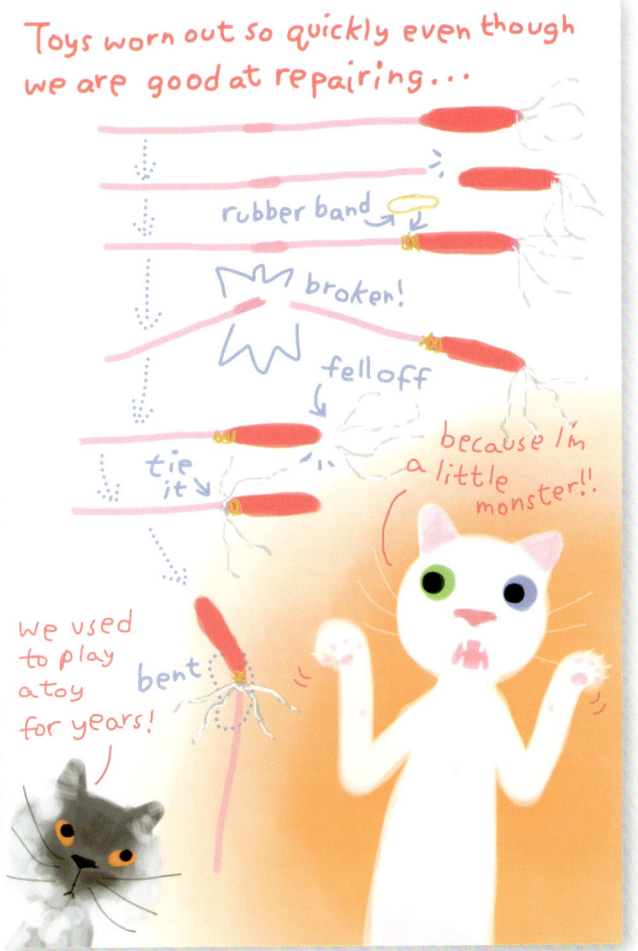

即使我们是很会修理东西的奶妈,仍难敌陈明珠对玩具惊人的摧残能力。
饭团:我们从前一个玩具都可以玩好几年的……
明珠:因为我是小怪兽!

我爱陈明珠,
爱她的乐天、坚强和勇敢,
爱她不知哪里来的自信和快乐。
我深爱她这么爱我们、这么爱生命,
爱她全心全意来好好活一场的强大意志。
我爱她带给我的伤心和欣慰、
烦恼和欢笑、失落和美好。
我爱陈明珠,
她让我尝到原来劳累可以不苦涩,
眼泪可以很值得,
不安的同时也可以很快乐,
缺陷里也有很多幸福。

Chapter 3
猫是严师
我是高徒

磨炼人格的饭团

饭团不是普通猫

养了 Tovi 三四年还以为自己很懂猫,直到来台湾跟饭团同居,才知道自己见识有多短浅。就像跟一个有语言障碍的男人交往了半生,习惯于近乎无声的世界,却忽然遇上一个通晓多国语言、会朗诵、演说、辩论,嗜好是集会抗议喊口号,还会腹语、Rap 和 B-box 的男人一样。

饭团肠胃不好,每当他肚子痛,他会一脸怒容僵着身子站在不是厕所的地方,像产房中的女人那样惨叫,一直叫到拉出屎来或吐出毛来。

有时候他会像某种鸟一样发出"咕咕咕咕咕"的叫声,用他的毛腿狂冲并疯狂甩尾。原来这代表他觉得无聊了,想邀人玩。

饭团的外表像《水浒传》里的硬汉,但内心是个妈宝。好几次江小姐出远门,我留守看家,饭团会在她拖着行李离家之后,跑到门前像狼人那样朝空中嚎

饭团不喜欢他妈妈离家,
但他超喜欢行李箱,
所以每次他妈妈拖着行李回来后,
都会放行李箱让他玩几天,
以作为心理补偿。

扁鼻猫最容易泪腺堵塞，
虽然明知流眼泪不等于哭，
但看到阿团泪汪汪时总是会心软。

叫，悲凄得闻者动容。

还有每天必定会听到他哀怨而夹杂怒意的催饭声。我们家的猫粮采取任食制，猫碗里长期有干粮。可是饭团非常抗拒吃"剩饭"，从前他一天会催促我们几次，这几年夸张到每隔 15 分钟便叫我们去加新饭。他会火眼金睛直盯着人，一直喵一直喵，语气很差，像讨债又像控诉。如果我站起来走路他会挡路和绊脚，叫嚷着赶我去饭碗区。

饭团最暴烈的表达行为是随地大便。如果我和江小姐同时晚回家，隔着门就能听到他的催促声，若是手忙脚乱匆匆进门便很有可能会踩到屎，一脚大便还要被他催得更凶，实在令人火大。我们经历多次教训才学会如何应对：晚回家得先在门外稍停，一边闻有没有异味，一边摸黑

"我不是普通猫！"

咬玩具和吸管去"加菜"是饭团从小就有的怪癖，加了菜他会吃得特别有滋味。

← pitiful long hair cat

假如闻到一阵又一阵飘忽的屎味,一定是饭团又粘了屎在屁股毛上面。我们就要给他做个"外科手术",替他连毛带屎一起剪除。可怜的长毛猫。

开灯观察地形,确定玄关没大便才进去,看清拖鞋没大便再穿上,然后马上去加饭,尽管碗里还有很多。

他情绪低迷的日子,"地雷"会落在任何出其不意的地方,令人防不胜防,让我们每天活在大便的阴霾下。我还好多次经历"幻嗅",觉得一整天无论身处何处都有挥之不去的屎味。

你的缺点是我的镜子

我们也曾煞费苦心地去分析和体谅饭团的心路历程,从居住环境到身心需求也尽量配合他,讨他欢心,可是直到无能为力还是没能令他满意,让人十分挫败和沮丧。

活在这样的压力下,我被训练得很警醒,不敢轻视饭团的抱怨和任何要求。每天反复体会,原来够强势、够理直气壮、善于施压、威胁和使人恐惧,便能达到很多目的。在现实社会中,有些人也是这样。这是苦涩又委屈的领悟。那时候我常一边伺候饭团，一边酸酸地想："如果我像你就好啦，去哪里都不会吃亏，还可以强迫老板加薪！为什么我不能像你一样呢？"我竟有点羡慕。

但缥缈的羡慕还是敌不过切身的苦恼，于是我又把他视为反面教材：时常口出怨言会让身边的人很难过；用情感压力使人被迫就范，得到的永远不会是对方快乐的付出，只会是痛苦的应对；而且会应对你的还都是在乎你的人，这样却只会把关系搞砸。继而我自问会不会我也是别人的饭团，开口只有批评和不满呢？有多少关系因为这样受伤了而不自知呢？

我又想饭团哪儿来这么多的牢骚？大概是安全感不够，不相信我们确实爱他，会好好照顾他；或是他始终无法满足于现状，不能改变却又无法接受。无论是前者还是后者，都是值得同情的处境。我们又有多少不平和烦恼来自真实的苦难？还是只因为缺乏信心或不知足进行的自我折腾？

我是你的墙，你是我的蛋

有次一个人在家，出其不意又踩到大便，我的忍耐到达了临界点，向他怒吼："饭团！你为什么又这样！！"他神色嚣张地回骂，我立刻化身成疯婆跟这刁猫追逐，几经跌撞制伏了他，双手拎起他的上半身，还摇了一下，朝他怒吼："为什么要乱拉屎！你为什么！啊？！为什么！！"他默不作声地跟我对峙，眼中的怒火竟和我一样炽热。刹那间我意识到自己正在施暴的边缘，我真的可以打他，没有人会知道，但难道我真的要打他？我可以，但要吗？

我心头一紧松开了他。

然后我边擦屎边想：原来愤怒这么容易盖过理智，我心里只有被侵犯的气愤，怎么竟忘了他只是只老小猫，地上不过是坨大便。

原来为善和作恶真的只有一念之隔。力量强弱悬殊的时候，少一分自制便越界。一念之差便可能欺凌弱小，成为恶后妈；一念之差便可能滥用权力、忘记尊重，就像强权对待蚁民、主流对待小众、大人对待小孩、人类对待动物。

能力越强越应记得温柔和尊重，对方可爱顺从的时候这很容易办到，但若是与自己意向相左、有利害冲突或自身受到压力的时候，要做到包容

"你回来没给阿囤加新饭吗?" "有啊!几分钟前才加的!"
"但他跟我说没有耶!" "他骗人!"

饭囤:我觉得神应该禁止女人之间的对话。

P.S. 某天回家,惊见阿囤被剪了个狗啃装。

尊重并不简单。

村上春树曾用高墙比喻强权体制，用鸡蛋比喻挑战它的脆弱个体。他还表态说："在一堵坚硬的高墙和一个撞向它的蛋之间，我会永远站在蛋这一边。"

在日常生活里我通常是个蛋，但面对挑战我的饭团，他在我股掌之间时，我便摇身一变成为高墙。饭团提醒了我要做一堵爱蛋的好墙，保护他而不要压碎他。

免了你的债

其实饭团的内心有他柔软美好的一面。像他苦苦要来的饭，偶尔会被陈明珠或 Tovi 抢先去吃，他便经常默默在一旁排队；本来他最先在玩，或先来撒娇，但如果有别的猫加入，他也是默默退开，离远观看。这不知算骄傲还是自卑。他很懂得表达不满，但如果被迫要做不喜欢的事，例如洗澡、剃毛、看医生或被强抱时，他比任何猫都能忍耐。而且他也有收敛和进步，像从前江小姐睡到太晚不起床时，饭团曾伸手去拨开她的眼皮，也会对我狂叫，但现在我如果起晚了，他只会用湿鼻子探我的鼻息，用胡子挠我的脸，然后便温柔又安静地守候在枕边。

饭团对人和其他动物其实付出了很多温柔和包容，可惜这些珍贵的优点，常被表面的刁顽所掩盖。比起作恶多端的陈明珠因为个性讨喜而常被原谅，饭团最聪明，到头来却最吃亏。

我们身边又有多少像饭团这种看似犀利，其实吃亏没人知道，付出和妥协了很多也没人认同，聪明又可怜的傻蛋呢？

饭团其实很依恋人，没其他猫打扰的时候，他会蜷缩在我旁边大半天，像只满足的小绵羊。看着熟睡温驯的他，我便会怜惜这个小老头，怎么醒着的时候时常不满足、看不开。又想想自己，其实也是一直不能释怀。

我希望饭团像其他正常普通的猫，不要胡乱大便和老是催饭；他希望我能满足他的需要。我们彼此对对方都有期待，然而都令彼此失望。双方都放不下的结果，就是用情绪冤冤相报、互相讨债，彼此也不快乐，虽然彼此确实相爱。

我想，除非能整天在家里工作，并且发明一台"神奇猫粮瀑布循环机"，否则饭团对我的期待是无法被满足了，只能接受他向我们讨债到老。至于我对饭团的期望，向他讨的债，是应该放下了。虽然每次不得不放下期望也会感到失落和颓然，但是失落过后，只要爱还在，将会是更成熟的爱。

神奇猫粮瀑布循环机！

超强吸力（静音）

间歇循环

干燥机（永保爽脆）

如果有厂商愿意生产并送我们一台，我愿意收取最最微薄的专利费。

饭团自小在博客被称为"哲猫"。

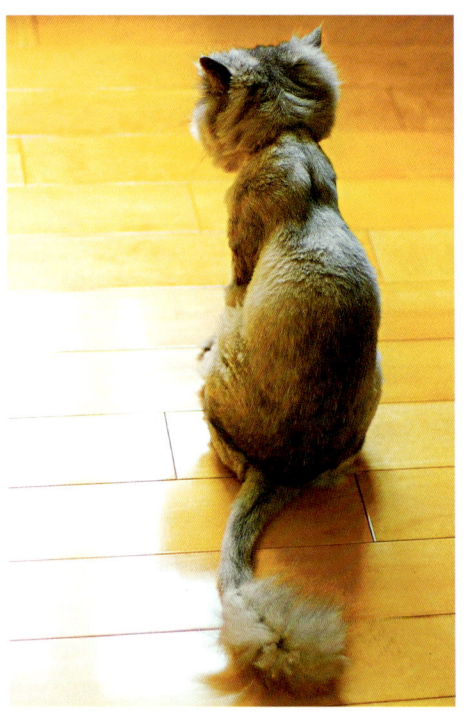

小绵羊狮子尾是阿团最常见的造型。

他认为任何新出现的纸箱都是他的。

家里就数饭团最会吐毛,
可能是因为他每次吐都会让大家知道吧。

让我受益终生的明珠

历久弥新少女心

最初对明珠的爱以怜为主,后来她的可怜相消失无踪,变成一个四处欺负哥哥姐姐、终日带来家庭混乱的捣蛋鬼,然而我还是觉得她很可爱。于是不禁思考她浑然天成的魅力背后,究竟隐藏着什么道理。

陈明珠很会自娱自乐,只要醒着便将自己的日程排得满满当当:一

陈明珠继坐扶手睡觉掉下来之后,近日又做出另一愚不可及的行为——坐扶手上玩尾巴。我气急败坏地喝止她:"下来!陈明珠!下来!不可以!会摔死!你这笨蛋!气死我了……"陈臭珠置若罔闻,而在场的江组长也视若无睹,继续沉迷她的最终幻想游戏,然后贼贼地笑。

我从前对于逗猫很自卑,
因为 Tovi、饭团和美咪都不太理我,
全靠明珠让我建立自信。

会儿踢球,一会儿抓猫抓板;抓完叼着逗猫棒跑来跑去逗自己;扑击地上任何东西;骚扰其他猫;被骂了又咚咚咚跑来撒娇;被摸够了可能跳上窗边看外面;想吃便去饭碗处大口大口吞食,喝水喝得哒哒哒超大声;听到任何动静马上去关心,没事也会忽然倒在地上翻滚伸懒腰,或无缘无故狂冲一通儿。

我好像没见过陈明珠意志消沉,不是睡得香甜,便是孜孜不倦地寻找快乐。发自内心的快乐和满足最有感染力,让看到的人也跟着快乐,爱她的人更是欣慰无比。

做蠢事的正能量

从前只养 Tovi 的时候已经发觉,神经紧绷或心烦意乱之时,专心看猫是种近乎灵修的体验,能令躁动的心恢复平静温柔。Tovi 的存在让我感到温暖踏实,然而陈明珠让我见识到,拥有逗人发笑的本领更是难

她的狠样总让我微笑。

能可贵。

　　陈明珠年幼时，我时常为她的身体状况发愁甚至落泪，担心她会死，更担心她受苦。但这小猫的脑袋里完全没有担心这回事，她不为已发生的遗憾事难过，也不为还没发生的事情无谓忧伤。她只有当下，而她当下专注的往往只有美好的部分，例如好玩的、好吃的和爱她的人。当我为她哭泣的时候，她仍然在我面前快乐地奔跑、翻滚、捣蛋、做蠢事，她的乐天与可爱常常令我破涕为笑。笑一笑不会改变事实，但能神奇地改变心情，让面容变轻松，让幽暗的心照进光亮，让希望的幼苗再次滋生。

活着便是与疼痛共存

　　扳开陈明珠的嘴巴，会看到她上下颚的牙龈都是溃烂的伤口。若是我自己牙痛或口腔红肿发炎，我会不想吃东西也不愿开口讲话，闷闷不乐地摆出一张臭脸，心思不由自主就放在疼痛上面，做什么事都不专心，也开心不起来。但陈明珠却每天快快乐乐、活力十足。我非常佩服

明珠非常热爱她的新玩具，抢到的时候会发出捍卫的呼呼声，死咬不放，拖行它巡游全屋，沿途勾到很重的垃圾和存钱罐，仍然照拖不误！
明珠："我没牙，可是我有意志！"

她与疼痛共存并处之泰然的本领。

有一次我们新买了一根逗猫棒，她喜欢极了，叼着跑遍全家每个角落，傻傻地这里藏一下，那里藏一下，其他猫靠近，她便发出低吼捍卫猎物，急急叼着又跑，沿途勾到不少杂物也不停步，仍然坚毅地用她的烂嘴巴咬着逗猫棒前行。

最后她勾到一个又大又重的纸箱，还拖行了好一段路，令我想起小时候看电视的台庆节目，梁朝伟表演用牙拉动一辆坐满了人的小巴。我狂笑之余，难以置信地靠近看她，她突然松口吐出玩具，然后急促舔嘴巴。哦，她痛了。于是我也痛了。我收起笑意也收起逗猫棒，难过地问她："还好吗珠珠？会不会很痛？"其实问也是白问，她痛我也不能怎样。只见她再舔舔舌，表情像没事一样，步调轻快活泼，马上表示可以再玩。那一刻除了怜惜，我也非常敬爱她。她不埋怨也不自怜，这么有尊严。

我却因为怕自己心痛，把逗猫棒收起来不让她玩，多天之后才又小心翼翼地给她，时时小心着不让她拉扯，但她本人完全不怕，浑然忘记曾经痛过，这么勇猛刚毅。

不只是床上功夫

陈明珠从小就很会撒娇，刚捡回来的第一晚，我伸手摸她丑不拉几的瘦脸，她便伸长脖子发出呼噜噜的声音，表示很喜欢。一天几次进房间看她，她会热烈地磨蹭笼子，哑着喉咙叫人赶快开门，表示"我很开心看到你，很想赶快靠近你！"

桌面的东西一不留神便会被这小贼偷去。

猫有时候会忘记收舌头,十分可爱。

挥逗猫棒跟她玩的时候，她会迅速判断出哪里是软的落脚点，哪里是硬的地板，然后一直将自己往软的地方摔，十足的小孩子玩充气城堡那样子，肆无忌惮地尽兴。而软的地方除了靠垫、床垫和毛毯，还包括我和江小姐的身体。

当她将自己用力摔到我身上的时候，那种触碰是非常感人的力量，是她毫无保留的信任，好像在说"我知道在你这里很安全，我相信你会护着我，我知道你最爱我了！"这种行动上的表白时常令我的心融化。虽然她现在长成了一团4公斤的肉，摔到身上偶尔会令我惨叫，但我还是觉得很荣幸、很甜蜜。

美咪是不能抱的猫，她会咆哮问我们为什么要杀她；饭团可以抱，但通常是在忍耐，不久便会挣扎逃脱；Tovi也可以抱一下，但他体型又大又重，过不多久，人和猫都会觉得不舒服，会急匆匆放对方自由。陈明珠体型最适中，双臂环绕拥在怀里，肉肉的最好抱了。睡不着的夜晚，我会把她从床边捞起，塞进被子藏在臂弯里。这一刻她最贴心，软绵绵暖乎乎，几乎任人摆布。她的呼吸声夹杂着呼噜声，有时忽然打一声鼻鼾，感觉她要打呵欠，我便转头闭气避臭。她会忽然伸展手脚，用温热的小肉垫轻按我的脸……那些不让猫上床的人不会晓得，跟猫一起睡觉的亲昵感，完全是另一种层次的关系。

我不是要说女人在床上千依百顺最能捕获人心（虽然也可能是这样的），我是想说，陈明珠每天都在用各种表达方法，毫无保留地肯定我们的爱，回应说"我也很喜欢你，跟你在一起我最快乐、最放心、最自在，有你的我很幸福很满足。"这是给爱她的人至高无上的回报和鼓励。

只记功不记过

别看陈明珠平常活泼奔放，其实自从她成年以后，每当有客人来访，她便十分戒备，甚至比美咪躲得还要隐蔽。就算受不了零食或玩具的引诱出来见客，也不随便让人抱。有人靠近，她便飞快奔逃。

要抓她非常难。有时候为了要替她擦药、喂药、修指甲、量体重或带她看医生而准备抓她，她一看出端倪便迅速逃走，无论斗智还是斗速，输的往往都是我，时常将我气疯。于是我只能很无耻地欺骗她，或阴险地伏击她。目的达成后，我又会感到歉疚，觉得自己欺侮了弱者，连声向她道歉，带着赎罪的心理逗她玩、拍她屁股。而她真的一转眼就不记仇了，回头又来跟我亲亲热热，还是那么信任。这让我很感激，她天生便这么大方，原谅别人也像呼吸那么自然。

哪里跌倒，哪里再跌！

有时候我们会将玩具收藏到隐秘的地方，如果不小心让陈明珠看到，她会锲而不舍地去挖，大多时候我们都笑着随她，深信她不可能拿到。看着她跌跌撞撞，两手交替用力猛抠，我们冷眼旁观，甚至还会出言讥讽（很坏啊），劝她赶快死心。但她失败了会再试，跌倒了又从另一边再跳，永不放弃。她惊人的毅力渐渐令我收敛起轻视的笑容，开始相信她无论什么都能做到。

我这样目睹她打翻过很多篮子，快要抓烂衣柜的门，还打开过比我们半身还高的双门鞋柜，努力获得过许多她想要的东西。

陈明珠玩得比谁都奋勇尽情。

当她趾高气扬地叼着战利品扬长而去，我会肃然起敬地看着她的背影，为她鼓掌，称赞她真的很了不起，也为自己最初看扁她而感到不好意思。（然后乖乖去收拾残局。）

晚上睡觉前是陈明珠的游戏时间，江小姐会跟她在床上玩逗猫棒。久而久之她学会期待，如果晚上有人往卧室走去，也不管别人只是拿东西还是干什么别的事情，陈明珠总是一马当先冲前推门，门把手才拧开，她便从门缝钻进去，像颗猫肉子弹一样蹦到床上翻肚皮，四肢往半空乱伸，杏眼圆瞪，小声喵喵叫着催促。这整套动作快如闪电一气呵成，令仍然握着门把手的人叹为观止又好笑。我总是忍不住趴到床上，搓她粉红色的油肚子说："傻瓜，还没到时候啦，拿睡衣而已，待会儿再玩。"

陈明珠她不怕被看扁或被泼冷水，也不怕在人前失败或失态。在哪里跌倒，她在哪里再多跌几次给你看也无所谓。她一心只追求她想要的。别人怀疑她能力的时候，她从没怀疑过自己。

对于爱，她完全不怕表错情，不怕被嘲笑，也不会害羞。如果你也爱她，你会很感动；而就算你不爱她，也会佩服她，对她刮目相看。

言教不如猫教

活在注重颜值的人间，拥有漂亮讨喜的外表铁定能大占便宜。陈明珠的一身白毛、像宝石一般的蓝绿眼睛、嫩粉色的耳朵和鼻子、无辜的表情，让她可以轻易博得众人的喜爱。但如果你认识她，见证过她的生命，就会发现她最可爱之处和最大的本领，在于她的个性。

她时常偷喝我的水，从来也不觉得自己有错。

为自己的快乐和幸福负责，努力令自己快乐，也能令身边的人快乐，特别是爱你的、关心你的人。

让人感到温暖平静、有情趣又能逗人笑的人，走到哪里都会受欢迎。

坚强自重不自怜，不被痛苦的经历和恐惧吓怕，把握每次机会。

大方、慷慨、勇敢地回应别人的爱意、信任或欣赏；受了委屈不多计较，不记仇、不责难；适时接受好意和安慰，释放爱你的人的内疚，能让双方爱得更自由。

喜欢的东西勇于争取，不害羞、不忸怩也不怕失败。别人轻视你的时候还是要相信自己，拒绝被任何负能量影响，认真、坚持。

以上，就是小小陈明珠对我的身教，大概够我反省学习一辈子。

【明珠真言】
我不听话，但我是个好小猫！

【明珠真言】
我是文盲，但我有智慧！

孤僻人看孤僻的美咪

等你放心

当初对于能成为美咪的后妈抱持无限幻想,因为 Tovi 是个粗鲁笨拙的男孩,我期盼能跟美咪建立起一段娇美温婉的"母女情"。

由于对她的神经质早有耳闻,所以我从一开始便以最高规格的敏感度与她相处。她若靠近,我便殷勤献媚地腾出大腿,等她大驾光临。她来了我连大气也不敢喘一口,无论腿上被她踩得多痒,我也仍然会保持微笑,柔情万种地对她说:"美咪好乖哦,你好轻好小哦。"她有时候会回应"咩?",一边按摩一边流口水,或是趴下来小眯一下。

但温馨没有持续多久,她便会突然狂蹬跳走,在我的惨叫声中绝尘而去!仿佛刚才的亲密没发生过,又像忽然发现我是巫婆,她这孤独的小女孩誓要为生命狂奔,剩我错愕又没趣。但我想没关系,我愿意等。Tovi 从小个性迟疑怯懦,我也像这样,等他鼓起勇气上猫跳台的顶层,等他很久才愿意主动跟我睡。因此我也怀着美丽的心情等待美咪。

每当新发现美咪喜欢吃什么,
我们便会很兴奋,
盘算着以后又多了一个取悦她的方法。

公主是宠物

美咪体型纤细,小脸庞显得眼睛特别大,右边鼻孔有一颗鼻屎痣,当她眯眼皱眉看人的时候,像个刻薄的小老太婆。但当年我和江小姐还心存若干少女心,在网上硬将美咪包装成公主,将她野猫般的行径美其名曰女侠,而大家也非常配合,对美咪宠爱有加,只能说我们的网友都很善良。

事实上美咪对我们时常摆脸色,为了维持她在网络上的形象,我得花数倍耐心用镜头捕捉她可爱纯情的瞬间。美咪有一双漂亮的水蓝色眼睛,侧头好奇看人的时候很娇俏。她晒太阳时,惬意地扭腰摆臀,让人看了也会会心微笑。虽然美咪处处防人,但在她允许的尺度下,我们仍然一厢情愿地把她当小公主看待。

我在台北的第一年,为了跟从前在网上结识的台湾猫友聚会,以美咪生日的名义办了一个"粉红派对"(Pink Party),把家和美咪都用粉红碎花打扮一番,客人们也被规定必须穿粉红色进场。当天三只猫在众多女人和镜头的环视下吃了罐头大餐,美咪收到了很多礼物和花俏衣饰。现在回想起来还是既甜蜜又好笑,那算是我们借题发挥和自得其乐的极致,根本就是两个女人在利用美咪办一场粉红色的过家家,只不过是女人们的社交活动。

当年为美咪的"粉红派对"设计的邀请卡。

每次偷窥美咪的美丽身影便会很着迷。

无论当初我自认为多疼惜美咪，毕竟仍是将她当"宠物"——宠爱之物。虽然她屡屡表明孤傲不驯的天性，但我也同样固执地以自己的方式付出，并期待她有所回应。我曾经相信，时间是感情和信任的交换条件，但美咪压根儿不稀罕跟人交换什么。温情、信任、食物、生活条件，美咪从来不求于人，如果你愿意，尽管献上，但她要或不要、吃或不吃，她自有想法。歌里面唱"有些人你永远不必等"，有些猫也是，一起过日子可以，但最好还是平常心。

美咪吃饭的时候,方圆五里不得有生物靠近,因为一接近她,她就弃碗而逃不再继续吃。我们都犯不着冒这个险,令全家最瘦的她更瘦,显得大家更胖!

怀疑主义的猫生

美咪的原始猫性最强,反应最敏捷,跳跃能力极佳,爱吃鲜肉胜于罐头。偶尔我在外面吃涮涮锅,会带没有调味的海鲜肉片回家,煮熟给她吃。她的波斯猫和英短哥哥根本不吃鲜肉,只懂得吃加工调味的罐头和零食,美咪却会咬着肉甩头啃食,享受难得的野性快乐。

美咪表现愉悦的时刻很少,因为她总忙着紧张防范和疑神疑鬼。我们正常地从她身边路过,或在她附近开个灯,或超慢动作地拿点东西,无论手脚多轻她还是会受惊逃跑,有时还一边跑一边鬼叫,她将好人当成贼的夸张反应很伤人。若是听到外来声响例如打雷、救护车的警笛声,她会警惕狐疑地看我们,好像我们欠她一个解释,我只好撇清说:"没事没事,打雷而已,家里很安全……那个雷不是我打的。"若是我不小心弄出意外声响,美咪会抓狂乱冲,再而引起群猫骚动。眼睁睁看着他们东奔西跑撞倒更多东西,我便心虚得忙不迭地道歉说:"对不起!对不起大

美咪对人的忌讳让我觉得她是家里的野生动物。每当得到她的临幸便觉得很珍贵，还会充满优越感地问江组长："你多少天没摸到美咪了？想不想摸一下野生动物？慢慢把手伸过来，我让你摸一下？"

家！是我不好！对不起！"天晓得我只是手滑把杯子掉进水槽而已啊！

　　江小姐养了美咪九年，我也与她相处了六年多，要算起为美咪花了多少心思，对她如何维护偏袒，话可以长到一言难尽，而美咪仍像相识的第一天那样不爱我。最冤枉的日常例子，是我为她端上食物或开暖气这种疼惜的举动，动作已经谨慎得像拆弹专家，却仍是得到她的闪躲和嫌弃。我便会忍不住叹气说："美咪啊，不是每个人都想谋害你的"，或"咪，你有没有考虑过其实我可能是个好人呢？"现实生活里我偶尔也会遇到这种人，仿佛有信任障碍或被害妄想症，令旁人不解和无奈。

受益人还是受害者?

　　心里不是滋味的同时,我也会对美咪因为多疑和负面的个性活得整日担惊受怕而表示同情。然后我也自问,我有没有因为疑虑太多,而错过一些生活中可能发生过的美好?我神经过敏的反弹和自我防卫,是否曾令对我心怀好意的人错愕和叹息?人际关系里我也有一些不想领的情,为什么非要一只猫领我的情不可?难道因为我们供养她,便非得要她低头和感恩?其实美咪从没向人讨过什么,又何来欠谁什么?美咪让我看到,原来我给的爱和尊重,还是期待着某种回馈,并没真正试过无条件地付

美咪很怕冷,冬天她过得颇惨。我们想尽办法替她保暖,还去买了一条男式发热绒裤,把它改装成仿三宅一生的衣服给她。我们可能是第一个把给肾衰男人穿的裤子买给女儿的妈妈。

出。一段关系里面，如果不管人家要不要，只一厢情愿拼命地给，如果得不到理想的回馈，便责怪对方不识抬举，觉得被辜负，便以"好意"之名陷对方于不义，这种指控其实很险恶，这种行为自私得近乎强暴。任何好意还是要以对方的感受为前提，不然付出所谓的爱，不过是自我满足。

不勉强也不放弃

由于美咪很清楚地表明立场，不想被摆布和被勉强，所以一些对别的猫无伤大雅的玩笑，例如中秋节给他们戴一下柚子帽，偶尔对他们抱抱亲亲，我们都不敢对美咪造次。另外还有一些比较沉重和严肃的考量，例如万一发生重大意外像是地震、火灾，美咪躲避起来不让我带走逃命的话，我该坚持到什么地步？若她病重了，我们该优先考虑她的性命，强迫她接受治疗，还是尊重她的感受，任随她在家中的角落里孤僻地死去？该如何不勉强她，但又不放弃她？爱要怎样表达才不会变成压迫？照顾要怎样执行才不会沦为操纵？思前想后这一切还在小心拿捏，并且我知

用长焦偷拍她在夕阳下放松的一刻。

道有些艰难的取舍和抉择，我们怎么做也不会周全，万一有任何闪失，也责无旁贷，只能承担罪责，这就是对另一个生命负责所必须冒的风险。

对不起还是我爱你？

克服了得不到美咪信任的挫败感，剩下来是对她的同情和谅解。我们谁不是被自己的性格牵制着？拥有乐天可爱的个性如陈明珠，是老天赏赐的一大祝福，可以轻易得到爱，自己也过得快活。但世上还有多疑多虑、像美咪一样敏感的人，得花几倍的力气、很难得的机缘才能获得一点快乐和幸福。美咪让我客观地看到，容易受惊、易被得罪、多疑固执会令人缘变得多薄。看不开、钻牛角尖、折磨自己的人生是多么疲惫和无奈。美咪是猫，可能不明白也不在乎个中得失，但对于我可是一大警醒。如果性格能够塑造，要当一个像美咪一样听到最多"对不起"的人，还是像明珠一样听到最多"我爱你"的人？

其实美咪活得很卑微。例如每次我们硬着头皮压住她修指甲，她都会狂叫扭动抵死不从，但她从来没有亮过爪子意图伤害我们。去动物医院检查身体时，她紧张得全身僵硬，但每一个步骤她还是逆来顺受。这个小女子最大的反抗不过是嘹亮的嗓音和死命闪躲逃跑而已，而在我们人类掌权的环境里，一只猫又能逃到哪里去？如果这么卑微活着的生命得不到温柔和尊重，她的命运又会如何悲惨？虽然美咪的个性不是最能讨大众欢心的乖巧可亲型，但她在一个对她而言充满恐惧和压迫的世界里，很努力地、自立自强地活着。虽然美咪可能听不懂也不在乎，我还是想站在美咪允许的安全界线外，跟她说一声——我爱你，我知道你很乖。

我爱你，我知道你很乖。

Tovi教我爱的基础

Tovi 之前的生命

我从小就喜欢动物，但拥有 Tovi 之前，我从不懂对生命负责。

童年住外婆家养过几次小鸡小鸭，我很喜欢它们，时常把它们放在手里抚摸，结果都很短命，大概是被我摸死的。印象最深的是一只小鸭，我们放了桶水让它游泳，外公给我小小鱼喂它，它摆动屁股潜进水里觅食的可爱模样，我至今难忘。但小鱼不常有，有次我看到小鸭追逐厨房里的一只蟑螂，然后雀跃地把蟑螂吞掉！于是为了逗它开心，我努力抓蟑螂给它。突然有一天，小鸭不吃不喝眼看要没命了，大人们不知道什么原因，我忽然想到应该是它吞了大蟑螂噎住了。某晚的噩梦中，鸭鬼从垃圾房走出来找我，我大哭吓醒，却不敢告诉外婆我哭什么。我很爱小鸭，但却因为无知让它枉死。

小时候到乡下扫墓，看到亲戚家里一群胖嘟嘟的小狗，可爱极了，我拼命抱在怀里不放，结果将小狗的屎都挤出来沾到衣服上。我很爱小狗，却因为不懂节制让它受苦。之后我还养过葵鼠、蚕、乌龟和小兔子，过程略有不同，但总而言之都是涂炭生灵。

少年时我在澳洲的家养过三条狗。那时我已是中学生，理应比较懂事，但我在家里一直采取消极和抽离的生存模式（什么嘛！早就说过我

很别扭！），很多事情我觉得无法改变便完全放弃，这三只狗也被我如此置身事外，大部分时间并没有妥善地照顾和保护它们。

从前我是这样的人，不是不想爱，只是很挫败、很无奈；也不是没努力过，但永远有几分自私几分无知，容易气馁。

爱的志愿

成年后我开始建立自己的小世界，很想一雪前耻重新做人，于是下了无比的决心，要好好地爱，从一个动物开始，他就是Tovi。我将多年

Tovi有一阵子老爱半夜三更在书桌下抓抓抓，只要我一坐起来他就停，我一躺下他继续抓，令人崩溃。

龅牙已成 Tovi 的标记。

来累积的挫败和无力感、悔和恨，全都化为对这小猫的溺爱。Tovi 像我的样板间，我将心里最理想的爱都建构在他身上。

从前我在家里没什么笑容，很少发言，但在我和 Tovi 的小家庭里，我对这猫像对待家人一样温暖和蔼、体贴入微，连说话也带着笑意，盼望他从我的每个动作和表情都能看到爱；我常以他的感受为重，他稍有反抗我便马上放手，不忍勉强；我不对他说任何负面的话，仿佛他能听懂。那可能是我人生中最积口德的阶段，过着前所未有的甜美生活。因为爱他，我变成了更好的人。

进入猫的小宇宙

我对猫的了解全部始于 Tovi。观察猫的每个部位、表情动作、生活习性，他的一切都令我好奇和着迷。原来只要全情投入，无论什么都会有趣味和惊喜。

猫耳朵外侧有个小口袋，前脚后方有几根神秘的须，猫眼睛是个小宇宙，呼噜声像胸腔发动小引擎，八个乳头从腋下延伸到下腹，口气老像吃了鱿鱼干……某次去动物医院，我严肃地问，Tovi 肚子中间秃了一块有什么问题，医生失笑说那是肚脐。第一次看猫抽搐催吐，我有点吓到，为了向护士描述那惊人的画面，我更惊人地在诊室里就地模仿。对这个猫儿子，我谨小慎微又忽惊忽喜。

像现代的很多父母生了第一个孩子，我特地买相机替 Tovi 疯狂拍照，物资供应过盛，嘘寒问暖得神经兮兮。为了增进知识，我上网加入

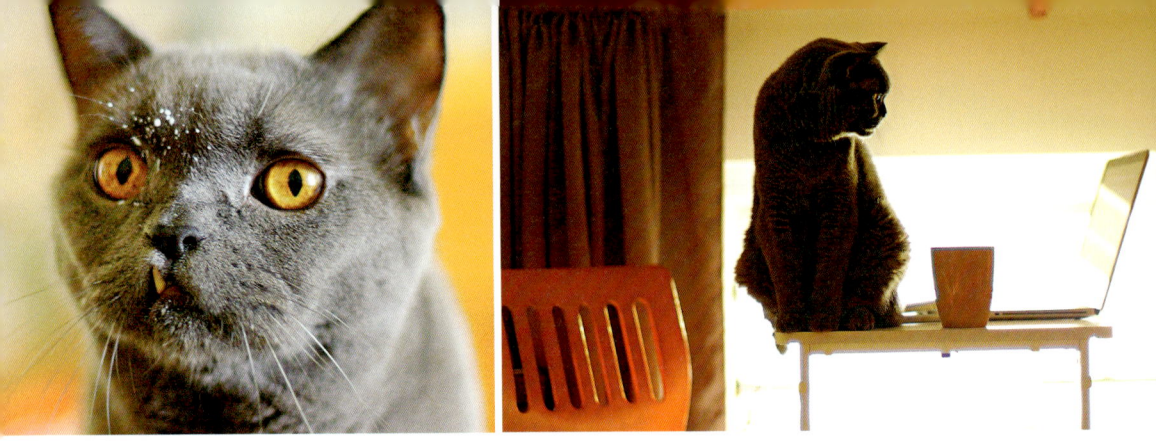

Tovi 近照。他喜欢喝牛奶，
如果我早餐吃麦片便会把碗底剩下的几滴留给他，
他每次舔完都这个样子。

各大宠物论坛打入猫圈子，天天为 Tovi 写日志，与猫友以猫爸猫妈自称，非常肉麻但其乐无穷。

闲时我会跟 Tovi 玩丢纸球，他会像只小狗一样跑过去捡回来；玩躲猫猫我躲藏到门后，他会追来仰头"呱"一声说找到；我翻杂志时他会拍打书页；渴望关注时他会用大头撞我。我们很有默契，他当自己是人，我当自己是猫，我们成为对方相互依靠的同类。我用指甲刮麻绳柱，向他示范如何磨爪；买了新款猫粮我会先试吃。宠他有时比爱自己还多，但我很抗拒被贴标签为猫痴或猫奴。我只是爱他，很爱他，像《小王子》里的小王子爱他的玫瑰。你不会叫小王子花痴吧？

看着 Tovi 睡觉时的呼吸起伏，觉得奇妙又安宁；早上醒来感到他的背贴着我的背，那力度和温度多么感人。他是一个生命耶！从没感受过这种珍贵，因为从没尝试过这么珍惜。Tovi 是只很好很乖的小猫，像一个完美的梦。我时刻提醒自己：这次不能搞砸，一定要表现得最好！

能不能一样爱他？

跟 Tovi 相处，我有意无意间流露出我的完美主义和控制狂的一面，但却一步步受到现实的打击。

首先我发现 Tovi 的脚掌肉垫发生异常脱皮，接着他全身长金钱癣，我怀疑这都是在买他的宠物店里发生的感染。原来一开始就是错，我仍然无知和自私。

Tovi 治愈后的肉垫始终粗糙得像砂纸，金钱癣不久后也痊愈，但医治过程中，Tovi 被剃掉全身的毛，只剩头和尾巴留有一撮。他光秃秃的、灰中透红又结痂的皮肤很难看。习惯作最坏假设的我想："如果他一直这么丑、这么不体面，我还能不能一样爱他？"我便一下一下抚摸他粗糙的皮肤和结痂，练习让爱越过皮相变得更深。

有天忽然传来 Tovi 大声叫痛，一颗犬齿不知怎么崩了一半。牙里面已经烂掉会痛，只能拔除。没有上犬齿的保护，下犬齿经常戳得他上唇流血，渐渐结痂形成凹洞，下犬齿变成长期外露的龅牙。最初我常拨弄他的上唇盖住龅牙，让他看起来正常，但是转而又想："如果他的瑕疵永远就在眼前，我还能不能一样爱他？"我便用相机清晰地朝他的龅牙对焦，练习欣赏缺陷里的美。

也许有些人从小就懂得这样去爱，但对我来说，这一切都是迟来的学习，只能用勤补拙。

更严重的接踵而来，Tovi 开始跛行，医生诊断出这是一种遗传性髋关节发育不良，常见于大型犬，很少发生在猫身上。他每走一步都会

痛,每天都在恶化,必须把"股骨头"切除,简单来说,是屁股的骨头跟大腿骨完全分离。至此我的美梦完全走了样。于是我又自问:"如果他残废、半身不遂,我还能不能一样爱他?"我只能含着泪跟他说不怕不怕,依偎着他一起走向前方。

原来对另一个生命负责是个不容退却的无底深潭。爱不是一蹴而就的事,是跌跌撞撞过了一关又有一关,有时狼狈又艰难。

Tovi 和我，还有上帝

为了 Tovi 的手术和复健，我天天寝食难安，以忧伤祷告。骨头切除后，若是大型犬会换人工关节，猫则得靠自身的大腿肌肉支撑维持正常的行动力。我看着困顿受苦的 Tovi，他一边的大腿和屁股整整齐齐被剃去一大片毛，灰色的皮肤上爬着一条像蜈蚣一样的伤疤。我们一起疗伤。

当 Tovi 能慢慢站起来走路，我开始重现笑容，正沉浸在庆幸和感恩中时，他另一边的腿竟然又开始跛。也是同样的问题但这次更糟，连骨头都碎裂了，他受的痛楚更甚。

我问上帝为什么要让我感恩得如此尴尬？为什么要让我因为高兴得太早而难堪？为什么在我开始笑的时候狠狠赏我一记耳光？后来的人生路我仍陆续遇上这种令我崩溃的遭遇，还是没有明确的答案。但我明白了原来感恩不一定能笑得出，有时感恩真苦。信仰不是在得到甜头的时候才相信，而是被打击后还心存信念和希望，就算那信念微弱得好像只剩两根指头扒住悬崖边，也不能放。

最后 Tovi 两边的关节骨都没有了，伤养好后他凭肌肉站了起来，如往常一样生活，表面看来就像没事。也许人心也是这样，发育不良的部分被击碎，可以锻炼新的肌肉重新站起。现实总比想象中更沉重，但我们也可能比想象中更强韧。

因为对 Tovi 的爱，让我体验了爱最单纯的模样，客观地看上帝和别人怎样爱我。有时我会因为被爱或被期待而感到压力，觉得要做这做那，才不会令对方失望，因而活得很累。但其实真正爱你的人只想让你平安快乐，像我对 Tovi。如果对方的要求比这更多，多出来的那些大概

这张插图画于三年前 Tovi 第一次要做老猫年度体检的前夕。我好害怕有什么不愉快的现实要面对。到现在每一年带他体检之前，还是会忐忑不安忧心忡忡。养动物的人总会遇上那一天，日子越近便想得越多。老是觉得有话没说完，但柔肠百转到最后要说的、能说的也只有那简单的一句：我爱你。

不算对我的爱，是爱着他自己的期望而已。取悦别人、满足对方的期望是一个选择，不是义务。这领悟令我放下不少包袱。

忠诚的玫瑰

受过无常的教训，每次离家我都会跟 Tovi 好好说再见，回家也一定亲昵地打招呼，夸他乖，他只要平平安安活着便很乖。这习惯从香港到台湾，十年来风雨不改，虽然其他很多事情都改变了。

Tovi 跟随我把家搬到台湾，委屈地搭了一次飞机，隔离检疫三周，我本打算以更多的爱对他补偿，但在新环境里感到心有余而力不足。有了江小姐的饭团和美咪，Tovi 在这里只是众猫之一，就像小王子那朵唯一珍爱的玫瑰从天上落入凡间，这里还有别的玫瑰。

无论我多想维系，但跟 Tovi 的亲密还是一去不复返。拥有得越多，自由便越少。当了几个猫孩子的妈，才忽然想起小时候在大人脸上看到的那种疲惫又无奈的神情，这成人限定的表情叫作苦衷。有时候不是我们想做得最好便能做到。这话说出来实在太像借口，所以通常化为一个隐藏的轻叹，或投向 Tovi 的一个没人知道的怜惜眼神。爱有时候也颇孤单。

Tovi 在四只猫当中是平平无奇的孩子，饭团和明珠因为懂得索取而多受关注，美咪因为纤弱敏感也特别受呵护。所以我常提醒自己，别因为 Tovi 没有要求便忽略他的权益，因为我该懂得身为内向的人那吃亏的滋味，很多时候只能仰赖对方心存良善，别亏待我安静的美好和忠诚。

难忘有一次地震，晃得蛮厉害，我马上用目光搜寻猫，Tovi 在柜上躺着，饭团在门边闲坐，好像都比人镇定。我犹豫地站起来走了两步，Tovi 此时感到我的紧张，也跳到地上紧盯着我。摇晃停止了，气氛缓和下来，我跟江小姐说："原来猫根本不怕。"但我心里感动的是 Tovi，这只和我相处了多年的小猫，根本不懂什么天摇地动，只顾察觉我的情绪变化。我忧虑的眼神、紧张的步伐，才是让他最关切的。我又怎么可以辜负这么一个忠诚的朋友、孩子、伙伴和爱慕者？

所以只要 Tovi 来找我，就算我的手和腿都没空也一定会回应他，每天出门看着他的眼睛说再见，找机会摸他亲他说爱他，每回铲屎会认真地辨

过年 Tovi 陪我们写春联。

认哪条是他的,发零食一定不会给他小份,睡觉总会叫他一起来。从前做不好的事我便想放弃,但后来明白纵有不足还是可以尽力,爱没有最好也没有满分,爱本在千疮百孔和残缺里进行。

十年一课,相伴老去

少年时听一个叔叔语重心长地说:"任何事情爱得太深都不好。任何东西也是,爱得太深行不通的。"他老婆马上打情骂俏地上前逼问:"老婆呢?!老婆也不能爱得太深?!"叔叔支吾以对,想说是又不敢,我旁观着偷笑。直到多年后,才反复验证得知这位叔叔所言非虚。我对 Tovi 也是从很爱、甚至爱得太深,到了某个自己也觉不妥的程度,自然调节返回合理范围,恰如其分地爱他如一只猫。

Tovi 从独生子变成家里四只猫中的老二,可能感受到群居生活的压力,开始做一些从前从来不会做的怪事来舒压,例如半夜挖墙、占去我整个枕头、为了求抚摸将我从睡梦中推醒……最初念着与他交情深厚,他怎么做我都逆来顺受。但被他挤到落枕、闪到腰痛了好几天、吵到连夜失眠之后,才反思其实无论多爱,一味牺牲迁就也不是健康持久的关系。我被迫"重振夫纲",勇敢捍卫自己的枕头,而 Tovi 也因此收敛。

这像极了我处理人际关系的翻版,总是容忍对方过度侵犯,才想起要先尊重和爱自己,才有立场和力气去爱别人。

Tovi 成为老猫之后什么都退化。我刚开始注意到他每次站起来时，关节会发出极轻微的"啪"的一声，我仓皇又心痛，不但马上开始每天为他进补，还几乎想充当人肉随意门，他心念一动便抱他到目的地。

直到有次我早上醒来下床，自己的膝盖也轻"啪"了一声才恍然：可能只是这样，他老了，就像我也不再年轻。我们没有谁比谁更可怜，没有谁比谁更需要同情。时间待我们一视同仁，命运对我们既慈悲又残酷，再如何深爱和不舍，谁也救不了谁，能做的唯有温柔相伴，勇敢面对。

为 Tovi 写网络日志结识了许多猫友，Tovi 集众多宠爱于一身，不时收到爱心礼物，像这个小 Tovi 猫草包。

Tovi 没有明珠的有趣，没有饭团的极端，没有美咪的过敏，他只是只平凡的猫。但平凡的他却是我一生的玫瑰。

我们从最初的青涩，一起犯错和学习，再一起成长成熟，经历人生各种滋味。

这只小猫花了十年光阴，伴我从最初追求完美到欣然接受缺陷，教我懂得珍惜和承担，然后再让我学习放下。他让我多情执着也让我清醒理智，深刻扎实地给我上了一堂爱的基础课。

我爱陈明珠

我对养猫的憧憬,其实就是对爱的憧憬:幸福、温暖、陪伴,感情的施与受。

人性复杂所以爱人很难,相对来说爱猫则比较简单,还有种一切都在掌握之内的错觉。然而那真的只是错觉,因为相处下来很快便会察觉,养猫不代表就能控制猫,动物有自己的喜怒哀乐和自由意志,每只猫也都有自己的个性甚至命运,不一定跟我的理想相符。当初对爱美好天真的盼望,充其量只是个目标,追求的过程参差错落,现实往往是段不断承受失落和挫折的过程。

猫其实不是活的泰迪熊,能随便任人亲亲抱抱。你很喜欢猫?猫可能不喜欢你呢。就算眼前这小动物可爱得令人垂涎,也要克制占有欲和操纵欲,给猫自在的空间,忍着自己的花痴和手贱,只可远观不可亵玩。爱原来是尊重和节制,照顾对方的感受,而不是只考虑自己的欲望。爱不是激动又飘忽的情绪,而是脚踏实地的一个决定,是每天的行动,无论在任何状况都稳定、持续、恒久地付出。就算对方不可爱的时候也得想办法爱下去,感情原来要很冷静地处理,并运用高度的理智去执行。

绘图板放大腿上半部、电脑放在大腿下半部和膝盖上,我以为已经很善用身体,但陈明珠帮我挑战更极限,窝在我的小腿上安居乐业起来。
让我想起传统民间厨师说,动物食材全身都是宝。明珠似乎也觉得我全身都是宝,一点也不该浪费。

现实的爱不怎么梦幻，是处理很臭的大小便、喂食、梳毛、保持卫生、生病时就医和照料……这些都不算难，但相当劳累和费时。愿意为一个家操劳，无非是因为爱，但原来做了许多也只是基本，如果不额外腾出时间陪伴、抚摸、和他们玩耍、说些温柔的话，猫大概仍感受不到关怀呢。人生有些事情好像怎么做也不够好，爱是其中一项。

生活有时是令人沮丧的消耗和折磨，没有休假也不能暂停。就算自己不吃也得张罗给猫做饭，累到任由自己发臭还是要爬去砂盆铲屎，随时注意和关心猫的状态，坚定地做那些好心却被嫌弃的事。想做任何生活上的变动，甚至不想活了也要先考虑："那猫怎么办？"爱原来是责任，一旦决定要对别的生命负责，就连放弃自己的权利也没有。猫就像永远无辜的孩子，让我不好意思对他们任性。既然将他们从原来的命运轨道一把拉出，执意成为他们终生的依靠，就只能爱到底。这份至死方休的决心几近信仰。我这"信仰"本来已发展到有点抑郁无奈，但陈明珠的出现，这又臭又脏、制造了无数混乱的小猫，却像一道清流润泽人心。

如果说 Tovi 是我的"糟糠之妻"，陈明珠便是"小三"了。而且无论从哪个角度看，她都是最厉害、最成功的"狐狸精"。她一来便攫取了我们最多的注意力，让我们疲于奔命，倾心尽力去怜惜。将她从纸片猫变成肉球，给人莫大的成就感，真是人到中年难得的鼓舞。陈明珠很会争宠，而且学习能力很强，例如 Tovi 懂得在我睡醒便闻声而来求抚摸，她也学会不甘人后地赶来，表示她也要这样被爱。"元配"有的她

一天明珠午觉醒来，看到我站在不远处，便咚的一声跳下，欢天喜地地奔过来。
我以为她想怎样，原来是要攀着我的大腿伸一个大懒腰。
她很擅长这种让人意外又心甜的小动作，常令我措手不及地笑出来。

都会争取，我们叫任何一只猫的名字，她都当作叫她，一马当先地过来找好处，机会主义者的嘴脸表露无遗。她一点矜持也没有，对我们热络得像条狗，去到哪里跟到哪里，动不动便快跑到人面前倒地翻肚，娇声叫人跟她玩，缠得人哭笑不得。有时候不见她踪影让我忽然牵挂，寻着寻着，却发觉她早已在身后，默默凝视着我，好像在说："你终于想我了吗？我可是一直都想你呢。"她让我感觉自己很重要，这也是"小三"的必杀技。

陈明珠天天制造麻烦，不停侵犯和得罪家人，偶尔刁蛮泼辣得让我激愤，会骂出令自己吃惊的话，像是"你一点品格都没有！""陈明珠你太无耻！""咦，你真是太恶劣了！"江小姐更直接，曾经一口气狂哮"陈明珠我恨你我恨你我恨你我恨你……"，喘几秒又再追加两句。每次她气得面红耳赤，我出来调停却看到明珠一脸天真，便不忍责备反而偷笑。我生气的时候江小姐也会一脸嘲弄，毕竟我们同在一条贼船，能自嘲也是种快乐。无论生气还是欢喜，陈明珠就是拥有迫使人动真情的能耐。

看着陈明珠一只猫得意自在地晃来晃去，向她招招手便靠过来撒娇，她的信任是我们的骄傲，她的赤诚开朗是我生活中的阳光。她明明扰乱了我们的生活，却令家里的气氛变轻松，添了很多意想不到的甜蜜和乐趣。所以无论怎么卖力地骂她，心里还是喜欢她比谁都多，要很努力把持才不会忽略其他的猫。

当我感到软弱、疲惫的时候，偶尔会想这一切是否值得。消耗能换来什么？活着还不够累吗，还自找麻烦地养几只猫有什么意义？但当我为现实长嗟短叹的时候，明珠却每时每刻只专心享受，示范着怎样才叫不枉上天给了她生命气息。细想我们一同经历的喜怒哀乐，也许我以为的消耗，其实是灌溉，将彼此生命浇灌得更丰盛。

我爱陈明珠，爱她的乐天、坚强和勇敢，爱她不知哪里来的自信和快乐。我深爱她这么爱我们、这么爱生命，爱她全心来好好活一场的强大意志。我爱她带给我的伤心和欣慰、烦恼和欢笑、失落和美好。我爱陈明珠，她让我尝到原来劳累可以不苦涩，眼泪可以很值得，不安的同时也可以很快乐，缺陷中也有很多幸福。

挑灯夜写这最后一篇，到我差不多要关电脑时，明珠忽然过来压键盘，自己打了一行字。

陳明珠寫的!!

爱你的外星人
Love Your Alien

以阴谋论为起点的感性轻小说

有些猫，其实是从外星来的高智慧生物。

它们配备了不同的体型、或长或短或卷曲的尾巴、色彩迷人的瞳孔，加上毫无逻辑可言的花纹，降临到我们所居住的地球。

伪装成猫的外星生物登陆地球后,混在真猫当中,精心策划自己以可怜无比的姿态出现,激发某部分人类的同情心(不排除曾以脑电波干扰),诱使这些被选中的人类带它们回家供养。

于是,数量难以估计的外星卧底猫,成功以弱者姿态入侵人类的核心——家。

降世为猫,它们表面上与真猫无异,拥有喜怒哀乐、七情六欲,同样吃喝拉撒,睡很多。由于身体上的限制和环境因素,它们还会像真猫一样生老病死。

这看似平常不过的表象下,其实隐含了更深层的目的和意义。

接下来,本人将以被选中者的身份,跟大家逐一解说。

这些外星卧底猫，平日吃喝除了维持在地球上活动的能量，还同时借此采集地球资源，以作研究用途。

你家可疑的猫有偏食的习惯吗？或饥不择食什么都吃？曾经企图抢夺你的食物？有听说过朋友的朋友的猫有异食癖，会吃布料、纸张、塑胶吗？

这就是了！它们在为特定的研究范围采样。

外星卧底猫将食物吞进肚子后，消化分析，把资料传回外星归档，然后排出废料。

地球猫好奇贪玩的天性，正是外星卧底猫最佳的掩饰。

它们检查你的纸、笔、包包、化妆品，测试你的床、家具、衣饰，以分析地球物质的成分和结构。

甚至于你的身体也被猫"按摩"过是吧？它们是在了解人体的内脏分布。曾经被猫从高处跳下踩中过你的膀胱或乳房吗？这是它们在测试人体器官的弹性、耐力，以及是否真材实料无添加物。

你曾被它们的爪划破过手背、被它们的牙轻咬过脚踝对吧？细心的话，你还会在它们的粪便里发现含有你的头发。它们不停在搜集你的DNA样本，每天将报告传回外星庞大的资料库。

来自高等外星的它们，为何仍会像地球的小动物一样生病呢？

活在猫的躯体里，水土不服或感染地球病毒的机会当然会有，可更重要的，是为了达到以下目的：

1. 观察据点（你家）之外的环境，扩大研究范围；

2. 在你的保护下（身在异乡还是会怕啊）接触其他人类；

3. 短期迅速地，或长期缓慢地，消耗你的时间、精神、财富和感情。

当你照顾生病的猫时，时间、心力、金钱都大量流失，你便会发觉自己投放在它身上的情感，早已远超所想。

不知不觉间，它已在你的心里扎根。

自此，外星人在你家里、生活中的地位，便能稳固确立。

爱你的外星人

若你和我一样,已经让外星卧底猫入侵到家里,你的心已经被它们以各种心机诡计俘虏,使它们在家稳占一席之地,那接下来你该研究的,是怎样跟它们相处以及你的进退自保之道。

它们的狠招一:

专门攻占人类休息重镇:椅子、沙发、床,以及周边用品像枕头和毛毯。

它们通常在你刚要坐下或躺下之前便已抢先霸占,完全不把你放在眼里。

就算你狠心赶走它们,它们马上就会回来,无耻地改用压招!压你的肚子、胸腹、四肢,让你呼吸困难、身体发麻和僵硬。

它们彻夜逐步将你从床中央推向边缘,将你挤得扭曲、落枕、不得好睡,借此削减人类稀有珍贵的休眠时间!

建议对策:

坚定你的意志和屁股。当它们默默推挤的时候,你也暗中运劲粘住床、枕头、沙发,坚决拒绝被边缘化!

当它们使出压招,人类得适时抽身,确保血液流通。若血液循环尚未恢复,它们又迫不及待地来压,可抬起或竖高该身体部位,或不停转换姿势,让它们找不到立足之地。

如果它们哀声投诉,可选择装睡听不到,或理直气壮地瞪眼直视:"怎么着?!动一动也不行啊?!"

它们的狠招二:

把家里弄乱、弄脏、弄臭!

它们一贯的手法是掉毛,让毛附着在所有所有所有的表面,以及飘散到空气中,无孔不入、无处不在。

某一撮个性偏激的外星人,还会在最难处理的地方排泄及呕吐,让人类累极回家之时,赫然发觉沙发上有屎!或凌晨迷糊之际摸到棉被上有尿!

它们还会在最难察觉和清理的地方,像沙发底下、书柜缝隙、藤篮内、粗厚织品上呕吐。

它们此举着实阴险,在我们最放松、最软弱、最毫无防范之际,打击我们的情绪,折磨我们的精神,摧毁我们的意志,消耗我们的时间和体力。

建议对策：

推给家里其他人去处理，别忘了我们也是万恶的人类啊。

假如你就是那位逃不掉的倒霉人类，就认命吧，去清洁，快！干了不好擦。

另外一个治标不治本的方法也能稍减困扰，像我们家就曾长期使用"无敌防屎尿罩"，为床和沙发遮屎挡尿。此物能挡去大部分灾难，万一躲不过，清洗起来也轻松许多。

这对策太被动？好吧，如果外星人逼人太甚，屡劝不改，可以质问它："你有病吗？！再这样我带你去看医生啊！"

必要时真的挟持它去求诊，说不定是因为它真的病了才会行为异常。如果是这样，祝药到病除；如果不是，请继续抗战，万勿丧志。要记住你并不孤单，地球上有很多人类像你一样，正不屈不挠地保卫家园，加油！古语有云：经一屎，长一智。这无疑是锻炼个人修养的良机！

如果有一天你能做到不打骂、不动气，迅速处理现场，那么胜利和风度已经属于你。

它们的狠招三:

剥夺你的隐私。

是不是有过这么一种情况,你睡醒一睁眼,就看到它们正在近距离瞪着你?

以为自己正独处,一回头却发觉它们不知从何时开始已悄然在你背后?

我们将家当作自己的堡垒,谁知这堡垒早就被外星生物攻陷,就连放个屁,它们也闻得出你刚吃了柚子还是炸鸡。

更衣、如厕、洗澡、亲热,无一不被监视。它们默默地、严肃地、冷眼瞅着。

你跟谁讲电话,态度冷漠还是做作,内容真诚还是敷衍,它们一一看在眼里。

你用电脑写信、上网、聊天、购物、理财,所有内容和密码它们均了然于胸。不然它们怎么总爱巴着电脑?只是取暖那么简单吗?不然它们怎么时常对窗发呆?其实它们是将信息传回外星。

它们甚至明目张胆到翻人垃圾桶,如此狗仔的行为,你还能骗自己说它们没有企图吗?

建议对策：

第一，别想太多。反正它们假装不会说人话，就会入戏到底，不会将你的秘密跟其他地球人分享。（最多只会在外太空之间流传几亿万年而已……）

第二，要有自信。你上网买东西并无不妥之处，你的裸体也并无可羞愧之处，你亲热的表现也不赖……做个坦荡荡的君子，无不可对猫言之事。

它们的狠招四:

外星卧底猫有时候会摆出惊慌、生气、哀怨或失落的样子给你看。

它们发放这些负面能量旨在让你内疚、心疼,借此迫使你按它的意愿而为。

有没有过你好端端地走着,它却忽然出现在脚边绊你?千钧一发间,你硬生生将脚步抽回以免踩扁它,自己都快跌倒了,它还故作惊慌,哀叫窜逃?

有没有过你开房门或柜门时,它不声不响地潜进里面,待你不知情地将门带上,良久之后它在里面狂嚎,指控你无故把它禁闭在没粮没水的不人道空间?

还有多少次,你做一些为它好的事,例如替它修指甲,花大钱带它做年度体检,为它治病上药,换来的却是它一副被迫害的样子,甚至向你哈气和报复?

狡猾的外星人就是这么会冤枉人。

建议对策：

走路加倍小心。出门前务必点名，确保没有猫被关在不该在的地方。

低声下气解释，好言劝慰，道歉再道歉，开罐头。

因为感情这回事，没法赢的。

你以为你最初怎么会被外星人选上的？因为你的大脑本来就隐藏着情感的过敏点（俗称：罩门）嘛。

我们人类虽然软弱，但也很勇敢。

无怨、无悔，当初怎么上的当，今后就怎么担当。心不够硬，肩膀就得硬。

我们人类，体型和力气比外星卧底猫大，比它们不怕噪音（虽然我也怕），比它们不怕人类小孩（虽然我也怕），比它们不怕交际应酬（虽然我也怕），比它们更容易在人类社会里混到一口饭吃（虽然我也挺勉强），我们的食指比它们的长而且有力，可以开罐头（这我的确强）……要不是我们有这些优势，以外星人狡诈冷血的个性，我们的下场早跟它们手下的蟑螂没两样了。

可是水能载舟亦能覆舟，就因为我们拥有比外星人强悍的身躯，它们更能轻易陷人类于不义。

所谓君子不立危墙下，我们得加倍小心不致伤害它们，还得保护它们，才能问心无愧，堂堂正正立于天地间。

当我识破外星人的诡计，看破它们的伎俩和弱点之后，思想了无数个昼夜，痛定思痛，本着"能力越强责任越大"的道理，终于参透，唯一的出路就是以德报怨。

于是我决定了，也奉劝大家如此实行：爱你的外星人。

 愛你的外星人

外星生物不讲道理，思想错误，以自我为中心，但不管怎样，还是要原谅它们。

如果你对它好，它却诬蔑你自私自利、别有用心，不管怎样，还是要对它好。

如果你将它从瘦弱病危、丑绝人寰，养到肥美以后，它让你花更多的钱买猫粮，让你更换家具，日夜滋扰你的生活，不管怎样，还是要把它养肥美。

Before　　After

你耗费金钱、时间所建造的,它们可能毫不欣赏或将其毁于一旦,不管怎样,还是要建造。

你现在给它的东西、为它做的事,三分钟就会被它遗忘,但不管怎样,还是继续给它、为它做。

你已经将最好的献上,却永远还是不够,不管怎样,还是要将最好的献上。

与外星人活在同一屋檐下的年月,或长或短,何不以诚待客,当个好主人?

了解它的需要,用心想象怎样才是真正对它好。

尽力供应它的一切所需,包括尊重。

提供安全的居住环境,保护它免受伤害。

待它以包容、节制、温柔、宽恕、接纳,因为其实它们也一直如此待我们。

量力而为,尽力而为,然后你将会发觉,看似又烦又难又重的事,如果分开一天天去做,其实也没多难多烦。

有一天,这外星卧底猫会离开我们的家、我们的身旁,它们会离开地球,回到外星。

到那一天,希望你的外星人在地球过了一场美满猫生。

回到外星去,它们会述说这段日子以来吃过的鱼和鸡还有洁牙饼、尝过的苦与乐还有你的爱。

它们会回去述说在地球看过的天空、河流、清风、明月、鸟语、虫鸣……和与它相依相爱的地球人——你。

而你，一定会为它的离去而心碎，我知道的。

但请记得，你就是那位身高刚好比外星人高大的人类，你比它强壮所以你照顾它，你有能力关照它在地球作客的日子。这是值得骄傲的事，而你已经做得很好。

在你与它相处的过程中你学习到了如何当一个好主人、好家人、好伙伴，练习了如何去爱护尊重比你弱小的生命。你已经进化为一个比当初遇上它时更美好强大的人。（啊！外星人来地球的其中一个目的，就是让地球人进化！）

到了有一天,你也要离开地球时(你怎么知道自己不会是其他星球的生物呢?),你肯定也会记得,曾经在某段时空里、在地球这个小行星上,你跟你的外星人共同拥有过一个交织着笑和泪、爱和愁,以及很多很多猫毛的家。

(完)

洗猫不如擦地

　　有些以为理所当然的事，想深一层发现不但多余，还以自我为中心到了有点尴尬的地步。

　　从前每年夏天总会给猫洗一两次澡，Tovi 会惊恐紧绷地忍耐；饭团和明珠算很合作，但不免抱怨连连；美咪最可怕，哭得惊天地泣鬼神，别人听到会以为我们在凌迟她。猫在事后总得花大半天舔身体，当天一定累得睡死，Tovi 还会打鼾，听着像头猪。

　　他们反抗多年，我还不醒觉，总是要求他们忍耐："没办法啊，不洗一下怎么行呢？"

　　但某年某月福至心灵，我忽然自问："为什么不行呢？"

　　猫咪平常清洁身体那么认真：不断舔手，翻来覆去抹耳朵、抹脸、抹头，从头到脚，逐寸仔细舔身体，连屁股粘了屎，也尽责认命地舔干净。认真看猫咪打理自己，会发现它们一直很自重。

　　我们的猫长年养在室内，如果脏还不是因为环境脏？责人之非不如行己之是，与其洗猫，不如擦地。

铲屎就是你的答案

你会有时对人生感到迷茫吗？

会偶尔觉得失落或空虚吗？

想用力摇晃自己的肩膀，问自己究竟在做什么吗？

想掀桌掀到宇宙里去，问造物者这一切究竟是为什么吗？

我会。特别是一个人在家，中邪一般看完一个烂片；鬼迷心窍那样耗掉珍贵假日，想做的事都没做；发票又没中奖，明天又要上班；吃光家里所有零食仍然感到焦虑的时候。

遇上这种症状，最好的治疗就是去铲屎。蹲在猫砂盆前，像考古那样专注于大便和尿块，吸着屎臭味和尿骚味，用力铲，仔细清。这能让人摒除杂念，重返现实。

屎是世上最真实、赤裸的存在。没什么比铲屎更能让迷茫的心变踏实。

如果明天就死了呢?

饭团明明前半身已经进了猫砂盆,屁股却硬要留在外面,将软便一半粘在盆边,一半拉在地上,轻推他进去一些,他竟对我破口大骂!(肯定是脏话!)

睡到半夜3点半,Tovi忽然土拨鼠附身,在床尾狂抓墙壁!我在被窝里屡劝无效,霍地坐起扑去制止,他便一溜烟跑掉,还在远处得意地回头说"呱!"(应该也是脏话)

我告诉你,无论多爱对方,还是会出现想掐他脖子的瞬间。

处理这种怒火,我会先做两下腹式深呼吸,然后问自己:如果他明天就死了呢?他就躺在地上再也不动,身躯冰冷僵硬,死掉了呢?我还要为这种小事生气吗?

这提问是我用过最快捷有效的灵药,最能应付因小事突然爆发的恨意。

很多问题,只要推到生死面前,答案自然水落石出。

太少不够意思
太多没有意思

热情往往令人失去分寸。

Tovi 小时候喜欢一种老鼠玩具，我像阿拉伯石油大王那样豪气地买了一打排在他面前，他并无欣喜，反而面有难色。

有次急于取悦众猫，我好大喜功地开了双倍分量的罐头和零食，他们一开始兴奋，吃到一半渐露疲态，最后没吃完便意兴阑珊地去洗脸。剩我与腥臭肉屑茫然相对。

生活中，很多本来有意思的东西，太多了便没有意思，例如玩具、食物、礼物、照片、发言……甚至时间、存款、汽车和房地产应该也是啦，好希望我能证实啊！

 后记

2012年5月10日,书已经在排版,而明珠终于成功地拔掉嘴里的烂牙。手术前的验血报告仍然不乐观,免疫力偏低。但明珠的口腔状况实在不好,于是我决定冒个险,签下了麻醉同意书。

前一晚开始为明珠的手术实施禁食,我把猫碗都收了起来,众猫饿了一夜。手术当天我请了假,还没起床阿团便来讨饭吃,连平常不讨吃的Tovi和美咪也多次徘徊在空空的猫餐桌前。不忍他们陪着挨饿,我把明珠关在房里,放饭让三只猫吃了一轮才又收起碗,放到厨房台上,用大锅盖着。

陈明珠很不安,焦躁地巡视全屋,四处闻有没有食物,还翻垃圾桶。我质疑她:"真的有这么饿吗?会不会太夸张?"然后她竟找到厨房台上去,用鼻子推那个盖着猫粮的锅。她竟然闻得到,好灵敏!珠珠很饿,她、真、的、很、饿。

我万般怜惜地说:"乖珠珠,对不起啊真的不能吃,忍一忍,11点钟我们可以吃一粒抗生素……"吃抗生素胶囊能充饥吗?自己也觉得太过黑色幽默。

中午去医院,袋子里的明珠很不开心,眉头绷紧,眼神不满,紧张不安。有人说猫能感受主人的情绪,其实我也能感受猫的情绪,为她的喜而喜、忧而忧。到了医院,明珠比以往更紧张,抽了两次血才成功,我一身都是她的毛,她受苦了。她终于进了手术室,我和江小姐远远地张望。我到附近的便利店买咖啡,本想耗一会儿,但坐立不安,很快又

回去医院等。才不到半小时明珠就出来了。怎么这么快？原来除了门牙，明珠嘴巴里只剩下3颗烂牙，一下子就拔干净。猫应该有30颗牙齿，但她嘴里面只剩3颗。现在一颗也没有了。

麻药没退的她眼眶红肿含泪，前脚插着针管，全身发抖。我于事无补地不停称赞她，用力感谢她平安。回家路上她一反常态地拼命撞袋子，我试着抱她安抚，但怎么抱她还是不安宁，她一直发抖，摇摇晃晃想逃跑，却又哪里都去不了。她被麻醉的感觉吓惨了。

终于到家，我赶走其他猫，让明珠冷静休息。她平常天真无忧的脸，此刻竟然很沧桑。我想轻轻靠近她安慰，她竟摇摇晃晃地逃跑，我不敢追。她在生我的气吗？我害她大大受苦了。从傍晚到入夜，她仍不让我靠近，平常活泼亲人的她，竟像美咪一样神经质，拒人千里之外，令我心碎。

我们紧张地看着时间，7点，可以让她喝水了！她已经20个小时不吃不喝了，很可怜。7点半！可以吃一点肉泥。看着她慢慢吃着，心里略感安慰。到了很晚的时候，我累了但舍不得睡，想等到明珠原谅我。

我无数次轻拍大腿唤她，她终于来撒娇，我舒了一口气，几乎要流泪。

医生来电查问明珠的状况，我说看起来好多了。医生问她有没有痛，我问怎么才能知道她是否痛？她说可能会流口水，可能会躲人……我说有！她躲了我很久！

如醍醐灌顶：原来她躲，可能因为痛。
不是不爱，而是实在怕，实在痛。

……我们谁不是这样呢？

午夜上床，唤她她便来，像以往最贴心的她，窝在我的臂弯里。失而复得让我有点激动。天亮醒来，她还在我的臂弯里，我的小甜心回来了，我太开心。
被窝内她连打两个大呵欠，奇怪，怎么不臭？！
再闻，真的不臭……我惊喜得患得患失。

珠珠，虽然你没牙，但你打算就这样没牙活很久是不是？

太好了。你真的很棒。你这小丫头很争气。

简体版后记

关于明珠的第一本书在台湾已绝版,没想到简体版此刻能够面世,有机会可以接触到新的读者,让我感到非常感谢和荣幸。

首先报告一下明珠的近况。她今年就要满9岁了,个性仍像小猫般天真和无赖。她的脸蛋可爱依旧,身体则像一个装满肉的袋子,触感十分敦实且有弹性,把手掌放在上面,能让人浑然忘记一切空虚与乏味,实实在在地感觉到丰盛和富足。明珠对吃的热爱一直没改变,这么多年过去,她每天看到肉碗依然兴奋得全身绷紧、尾巴颤抖。朝朝暮暮,真爱如初,想想实在难得,我愿大家的人生里都能找到如此真爱,像明珠爱吃肉一样。

常把爱爱爱挂在嘴边令人害羞,但人和猫之间若有什么故事值得记下,无非就是你爱猫,猫也爱你。看似平凡无奇,但这甚至比人与人相

"小恶魔"明珠威力不减当年。

对你们的爱和信任,是我唯一的牵挂。

爱更为纯净美好。明珠很爱我和江小姐,这在我们搬家时再次得到印证。去年因为房子需要整修,数月内来回搬动两次,在确保四只猫有妥善的进食与休息据点之后,人便忙着整理。可是明珠在一旁显得躁动不安,发零食与劝慰也没用,本以为她不适应环境变动,只能多给她些时间。但当我们双双累倒,披头散发瘫在沙发上喘息之际,她迅速来到我们两人中间,转着圈选了一个人的大腿,安安乐乐趴下大声呼噜。我和江小姐才明白,原来她只求我俩在一起安静坐着,好好陪她。猫不嫌屋乱不嫌人脏,对明珠来说,只要这两个她选中的人一同爱她,就是安乐窝的最高定义。(然后最好有肉。)

陈明珠实在是一只好猫。虽然当她整个身体挡着暖风出风口时,我会斥责她自私;她呕吐后置身事外,俯视我清理秽物时,我会说她没有廉耻;不准她去的地方她偏要去,无视我立下的任何规矩,让我自觉毫无威严……但,这样一只自私无耻不听话的任性小动物,却对我毫无保留地爱和信任,已是至高无上的礼物。

明珠是最无忧无虑的，其余三只猫则各有所难。Tovi和饭团两只公猫现年16岁，脊椎长满骨刺，容易气喘，听觉不灵，健忘并出现老年失智的症状，常常睡死，醒来却会莫名嚎叫。美咪15岁了却完全不像老太太，依然五感灵敏，体态优美，跳跃自如，只是她的被害妄想症还是一样严重。

把小猫养到变成老猫，意味着人也从青年变成中年。死亡的轮廓于中年的我看来依然模糊，但从Tovi身上我具体地目睹衰老的过程。蹒跚、疼痛、自由递减的挫折、力不从心的困窘……身体的颓败并不美丽也不优雅，是对生活质量和尊严的剥夺。换算成人的岁数，Tovi已是

每天依旧来讨饭的饭团

已"80岁"高龄的tovi

体态依旧优美的美咪

越来越敦实的明珠

80岁高龄的老翁，想到这点，似乎发生任何状况都不奇怪。他后腿无力，因此上厕所经常沾到尿，吃半碗肉要中途休息好几次，躺久了站起来会僵硬到站不稳。但让我花费最多心力的，不是喂药、清洁和伺候，而是装作若无其事。我在尽量同情但不可怜他，照顾但不控制他。避免表现得比他本身更悲伤或更慌张，就怕一不小心把自己的情绪看得比他更重要。这是我暂时能想象到的对另一个生命最尊重的对待。

　　爱有时候易如反掌，有时候却难如登天，轻易时像天上掉下的礼物，艰难时像在还上辈子欠下的债。礼多人不怪，万一有债，想想今生有余裕来还，也属幸运。从前养猫能超过10岁便已属难得，现在养到二十多岁都大有猫在。我有时候会期待责任结束，有时候会依依不舍。但无论如何，等终于有天毕业时，我想我会衷心说一声，谢谢你爱我，谢谢指教。

Emily
2018年4月